흔한 엄마 로봇

늘씬한 비만로봇

하태균 지음

발 행 처 · 도서출판 **청어**
발 행 인 · 이영철
영   업 · 이동호
홍   보 · 천성래
기   획 · 남기환
편   집 · 방세화
디 자 인 · 이수빈 | 김영은
제작이사 · 공병한
인   쇄 · 두리터

등   록 · 1999년 5월 3일
(제321-3210000251001999000063호)

1판 1쇄 발행 · 2021년 1월 20일

주   소 · 서울특별시 서초구 남부순환로 364길 8-15 동일빌딩 2층
대표전화 · 02-586-0477
팩시밀리 · 0303-0942-0478

홈페이지 · www.chungeobook.com
E-mail · ppi20@hanmail.net
I S B N · 979-11-5860-920-7(03810)

이 도서의 국립중앙도서관 출판시도서목록(CIP)은 서지정보유통지원시스템 홈페이지
(http://seoji.nl.go.kr)와 국가자료공동목록시스템(http://www.nl.go.kr/kolisnet)에서 이용
하실 수 있습니다.(CIP제어번호: CIP2020053152)

물꼬의 시원1(140×85cm, 한지, 혼합재료, 2018, 하태균)

시작 메모

물꼬를 낮추어도 높여도 안 되는
글을 가꾸는 논둑 위의 말다툼
먼저 물길을 잡아야 하지 않을까
속으로 스며들면 지하수가 되고
더 깊이 내려가면 온천수가 되는

봇물 터진 물길을 따라
물길은 한 획으로부터 시작되고
갈길 몰라 자연에다 물어보면
낮은 곳으로만 흘러야 한다는
내 자신에 대한 두려움은 무엇인가

수증기 모여 매지구름 머금은 벼루를 갈며
다른 빗물이 되어 다시 만나기까지
어둡고 서툰 구정물 부끄럼으로 흘려보낸다
쓸모없던 물꼬가 깨끗해지길 기다리며

새로운 시작 2020년 가을
〈아미뜰 물곬에서〉

A Note on Writing Poems

I lower down or raise up the irrigation gate
But arguments on the bank of writing aren't settled
Should I make the water path first?
Soaking deep, it becomes underground water
Going deeper, it turns hot spring water

Following the way of water and spring water
I noticed that it started from a stroke
Asking the direction to the nature
Why do I face the fear for myself
To flow downward

Vapors gather and rub the ink stone with rain clouds
Till the day they meet again in another rain
They let the dark and clumsy old water out in shame
Waiting for the useless water to be cleared

From Ami Garden Valley,
A fresh start in fall season 2020

물꼬의 시원2(140×85㎝, 한지, 혼합재료, 2018, 하태균)

차례

남강 봄비

　　　　하태준

안개비는 촉촉로 의암으로
안개가 남께놓은 신발속을
함초롬히 적시더니 어느새
먹구름에 쫓겨 강물에 투신을 한다

첫살 차가운 누각위로
뚝뚝 떨어지는 빗방울
별도 그래내는 봄의 동심원이
남강에서 거저간다

혼돈 밖의 혼돈(140×70㎝, 한지, 혼합재료, 2019, 하태균)

PART

#1 어슬렁거리는 로봇
A Wandering Robot

하지정맥

얽히고설킨 세상살이 던져 버리고
등산배낭 달랑 메니
푸른 소나무에 달라붙은 담쟁이
외길 클라이밍 발바닥부터 기어오른다

삼발이 여린 힘줄 움켜잡고
왕소금쟁이 팔방으로 근육이 늘어나
메마른 장딴지를 파고드는 고난도 기술
눈대중으로 잘못 디디면
거북등에 영락없는 추락이다

철없이 내뿜는 갈기는
핏줄 따라 줄사다리 오르는 좁은 길
빛바랜 꿈 무서리도 단풍 드는가
다문 입술 거친 숨 몰아쉬며
허리가 휘어지도록 수직 벽 기어오르는
등 푸른 인내다

피가 거꾸로 흐르는
담쟁이가 넘겨다보는 세상 너머
힘줄에 굳은 살 박힌
삶의 흔적이 무성하다

Varicose Veins

Throwing away my tangled life
As I shouldered a backpack
Ivy on a pine tree
Crawled up my single path for climbing from my soles

A high technic penetrating a dry calf;
Grabbing the delicate vein with trivet of ivy
Stretching muscles in all directions like a water strider's legs
Mistakenly stepping forward with eyes
It ends in a destined fall on a shell of a turtle.

A plow innocently thrown away
Is a narrow path to climb a rope ladder along the vein
A faded dream, an early frost turns red like leaves in fall
It's the bruised dark blue patience from crawling on the cliff
to bend the waist
Breathing roughly with closed lips

Over the world looks
The ivy with blood flowing backwards
Calluses in the tendons are full of
Traces of a life

찔레꽃 연가

사무치는 것은 눈물만이 아니다
깊은 산 계곡 몇 번이나 에돌아
하얀 미사포 드리운 폭포의 그늘

찾는 이 드문 재 너머
뒤꿈치 닳은 짝짝이 향기를 따라서
가시 돋은 산길 걷는 젊은 아낙
만삭 몸에 몇 번을 넘어져도
소리 없는 발자국 억척이가 된다

슬픔은 가고 다시 오는 것
연분홍 찔레꽃 활짝 가슴을 열고
느닷없이 돌아와 쏟아져 버리는
오월에는 누군가 그리운 꽃향기
소리 잃은 폭포에 사모곡이 울린다

며느리밑씻개꽃

어미의 옛 전설을 간직하고
하필 천변 덤벙 들머리에서
고마리꽃 배꼽에서 조잘대나
접시포 고운 얼굴 하늘 받들어도
뾰족한 이파리 헛바늘 돋아
곳간 열쇠 움켜진 시어머니의
가시 돋친 구박이 호롱불에 그을린다

애타는 잠꼬대 쓰디쓴 입맞춤으로
오는 이 가랑이 붙들어도
시끄러운 곳 싫어 늘 그 자리

한여름 땡볕 여미어온
분홍빛 하얀 젖가슴 봉오리마다
맵시벌 찾았다 헛되이 에돌고
넝쿨 끄끝터리 거꾸로 매달려
빛바랜 멍자국 오랜 바램은
이미 다른 세상 도닐고 있다

개망초 앞에서

쉽게 죽지 않는 목숨은
기차 바퀴에 뭉개져도
더 무성히 일어서지만
뽑아도 베어도 더 자라는
눈망울 부릅뜨고 쓸모없는 땅 발붙여
온 벌판을 설치고 다니는 나는,

주름진 손바닥 움켜쥐고
땅바닥으로부터 피어나
제 땅 인양 뜨거운 바람 속으로
양봉업자 불러들여 밀원을 만든다

산다는 것은 오늘 죽었다가
흐느적거리다 몸부림치며
고개 치켜드는 재생의 연속이 아니던가
허리 굽히지 않는 절망 속에서도
웃음꽃 해맑은 화답으로
허리춤 찰랑거리는 오늘을 본다

주산지 왕버들

산수화 12폭 펼쳐 놓으면
왕버들길 주름잡던 수리부엉이
먼 기억 속에서
이공이 만든 둑방 뒤집어쓰고
종신형 수중감옥 족쇄에 갇혀 있다

부르튼 발목에 물이끼 피고
원앙 가끔씩 다가와 건네는
무리하게 살지 말라는 말, 말들
사계절 마를 날 없어 찢기는 언어 속
상처 씻어도 아픔은 젖어있네

황조롱이 피리 꺾어 불며
목청 돋운 물결 위에 누워 비춰보는
내 얼굴 위로 그려지는 산수화
찰랑거리며 코밑에 잠겨있는 왕버들
그루터기 백오십년을 살고 있다

담을 넘보다

갱년기를 훌쩍 넘긴 오뉴월 땡볕
얽히고설킨 담장 눈높이에
애타는 갈등 손사래 감겨
땀방울 맺힌 통신전선이 위태롭다

기다리기보다 담장 모서리를 딛고
부서진 지렛대로 올라간 아리아 선율
헛딛는 출렁다리 신나게 넘는다

슬픔이 깊을수록 붉은 빛깔인가
틀어진 사랑의 평행선 앞에
샤넬지갑 깊숙한 사랑의 독백은
말려있는 그늘 되어 등을 돌린다

한 떨기 바람 속으로
담장 붙들고 있는 굳은 약속에
뚝, 떨어져 버린 선홍빛 순애보
낯선 능소화 담장 아래 나뒹굴고 있다

만덕터널에서 피는 꽃

그물 울타리 오르던
덩굴장미 가을 햇살이 찌른
망나니 가시에 멍이 들어요 검붉은,

먹이 쫓던 따가운 햇살에
카멜레온의 붉은 혓바닥으로
움츠린 고통도 잠시
꽃잎은 결코 넝쿨을 떠나지 않아요

터널 벼랑을 오르던 장미 넝쿨에 감겨
헛바퀴 돌리는 승합차에서 내린
한 짝뿐인 사내의 구두 밑창에서 피어오른
시든 매연을 따라 장미꽃은
차가운 오르막길을 더듬고 있어요

자작나무

시베리아 티 없는 눈밭에서
헐벗은 산자락으로 돌아온 검은 생채기
어디론가 떠나는 가출이 두려웠나
밑자리 엉켜 깔고 서로 바라보는
마른 가지 어깨동무 홀가분하다

몸뚱이 하나 곧추세워
자작자작 나무끼리 허공을 넘보는데
좀벌레 먹이고 바람에 긁혔어도
검은 흉터 자국 부둥켜 따독이며
상처받은 얼굴에 화장을 한다

어두운 살갗에 바른 화장발인줄 몰라
거추장스러운 옷 겹겹이 벗고 나면
그들만의 세상 온기로 견디어도
벽난로 속에서 불붙는 눈밭이다

너무 덥거나 추워도
감로주 퍼 올려 박우물 되기까지
자작나무 숲은 언제나 겨울 음반
손풍금 소리 맞춰 고라니가
송곳니 장단을 맞추는 원대리 숲이다

천년 할매송

뱀사골 와운마을 천년 소나무
걸어온 길 알 수 없지만
누구를 탓하거나 나무라지 않는
묵묵한 세월 홀로 지키며 당당한 자태
미세먼지 둘러쓴 무성한 잎사귀는
이제 내려놓아도 좋으련만

붉은 거북등에 올라
천둥 번개 속을 무수히 넘고 건너
휘인 가지 굽은 산길 내려다보는 모습
어느 바람 불고 장대비 내린 날
난데없이 잘려나간 육신
나이테에 갇혀 장작감으로 내몰려도
사랑방 아랫목 데울 날 기다린다

살아 천년은 꺾이며 부러지고
죽어 천년은 몸통만 남아
다시 천년을 바라보는 천년 할매송
늙은 뱃속에서 나온 애기솔잎이 푸르다

은행나무에 기대어

보도블록 틈새 노랑풀꽃
짓밟히고 꺾이면서 열매까지 맺어야 멈추는
노랑춤사위를 보았는가

언 땅 뚫은 눈꽃으로 솟아
봄 반지 낀 노랑제비 날개에
히어리 초롱꼬리 젯소 칠하며
붓 대롱 긴 뙤약볕을 노린다
모감주 꽃가지 드리우고
솜털구름 손잡은 은행나무 우듬지까지
한평생 노랑빛깔 진경산수화 하나
낡은 누더기 옷 걸쳐놓고 잠을 잔다

변하지 않는 게 없는 세상에
오롯이 노랑꽃, 노오란 열매로 영글어
나볏하지 않는 화백의 붓질로 자라는 천왕목은
온통 반 고흐의 노랑빛이다

홀연, 먹구름 밀려오는 푸른 하늘
은행나무 아래 용문사가 노랗게 빛난다

숲의 비망록(95×50cm, 한지, 혼합재료, 2019, 하태균)

#2 숲 사용 매뉴얼
A Manual for the Forest

화살표 뒤가 없다

재주넘기 브리칭 선수로
물거품에 새긴 방향 지시등이다
폴리네시안 심장 사모아에서
알래스카로 가는 길 어둡고 비좁아

띄엄띄엄 파도갈피에 새겨 넣은
휘파람 내뿜으며 거품으로 만든
혹등고래 날갯짓 백야에 빛난다

끝없이 펼쳐가는 헤엄질로
옆보지 않는 둥근 화살표
뒷걸음치다 망가진 지구를 보면서
화살표 끝을 숫돌에 갈고 있다

A Head of an Arrow Has Gone

It's a turn signal carved on foam
By a breaching somersault player
In Samoan, the heart of the Polynesia
The road to Alaska is dark and cramped

A humpback whale's fluttering made of foam
With whistles sparsely engraved in the layers of waves
Shines in a white night

A round arrow never looking sideways
With endless wide spreading swimming
Looking at the earth devastated and stepping back
It grinds its head on a whetstone

청사초롱

각산의 연등행렬 갈 길이 바쁘다
표류하는 해무가 가둬놓은 죽방렴
밝히는 상괭이의 신혼 길인가
하늘 동아줄에 묶어버린 해풍이
봉수대깃발 치켜들고 색동저고리 갈아입은
초양도 바다에 수를 놓았다

희미한 경계에서
다른 빛깔을 품고
월하정인(月下情人) 돌아오는 창가에
초롱불을 켜 두면 밝아지는 사천바다

두 줄기 씨줄에 실어 나르는
청사초롱 크리스털 캐빈은
팔색조가 감춰온 매직카펫 되어
유채꽃밭 호롱불을 문지르니
돌아오는 들물은 해인(海印)이라
분홍빛깔 상괭이가 끌고 있다

각산으로 가면 불 밝히는 케이블카 리프트

백무동 토봉단지

무장한 일벌무리 사냥을 나선다
팔진법에 없는 팝핑 춤사위는
공중 쉼 없는 공격진 속으로
부서진 타원을 끌고 다닌다

밀납 사단 한 칸을 또 올렸나 보다
단맛만 찾아다니는 숫벌
궁중 여왕폐하의 명령에 따라
일사불란 굽실거리기 여념이 없다

빈 곳간 쪽으로 장수말벌이 침범했다
병정 떼는 창을 들고 죽음 마다하지 않고
더 많은 병정을 늘려야 되겠다고
여왕은 벌집을 쑤시고 다닌다

선회비행은 향기품은 유혹으로
여왕은 청첩장을 뿌려댄다
단 한 번의 기회 백무로 날릴 수 없어
뜬구름 잡으려 숫놈들의 거친 숨소리
오전나절 백무동 토봉장이 요란하다

숲으로 간 나목

아름드리 귀한 몸 고스란히
고개 돌린 벌판에 나 홀로 견뎌온
반세기 등 굽은 세월이다

멋 부리다 눈 밖에 난 뜻밖의 수난
포승줄로 잡혀가는 날
곡선의 아름다움이 화가 될 줄이야
부목 덧대고 동여매어진 굽은 철사 줄
가지마다 옭아매어져 온몸이 쑤셔도
통깁스하면 말똥구리도 서러워라

예상치 못한 아파트단지 속으로
삼각 목발에 링거 줄 길게 꼽고
봄바람 처진 어깻죽지에는
풀어헤쳐 널브러진 맹아 자리
한 부분 다시 울창한 숲이 되기까지
옭어매어져 꽉 다문 입술
미련한 나목은 몇 층인가
아파트 베란다에 새잎 돋는 소리 들린다

면벽

황소걸음 오르다, 무심코
바위에 걸터앉은 나무 한 그루
면벽 수행 중 옷깃이 날리운다

바위 틈새 지나는 동맥은
관절이 닳도록 비바람을 들이키며
뼈마디가 사원 후에 마주하였을

절대 선의 헐벗은 몸뚱이
바위에 피어나는 이끼의 소망이
끊임없이 깨어 있기를 바라고
벼랑 끝자리는 녹록하지 않은데
청가시덩굴 거친 발 디디면
잎새마다 떨고 있는 침묵들
궁색한 다람쥐 허리띠를 물어보네

바람 붙들고 면벽 중인 굴참나무
오유봉 돌계단 바위를 뚫고 있다

등표의 독백

거꾸로 선 반딧불이는 한 점
어둠을 지켜 낼 수 있다고
달빛에 숨어 이웃을 비추다
암초 위 홀로이 보초근무 중이다

풍랑의 처절한 비명에도
진군하는 어선 깃발 더 날리며
낙석주의 표지판 사색이 되어
먼 항로를 지키는 어선 버팀목이다

들물과 날물의 등 돌린 맹훈련으로
말수적은 상괭이가 드러누운 것이라고
괭이갈매기 날갯짓이 수다스럽다

어둠 뚫고 헤매는 그대에게
먼발치 목쉰 뱃고동 울릴 때마다
흐림과 맑음이 거센 파도를 건너고
구시렁대는 우수아이아의 빨간 등대
하얀 불빛이 깜박거린다

까치밥

삼복더위 데리고 간 하늘
곶감 건조대 걸이에 덩그러니
한풀 꺾여 멍든 감잎 떨어질 때
목쉰 까치 한 쌍 걸터앉아

서둘 까닭이 없다고
서슬 퍼런 시절은 돌고 도는 것이라고
땅까지 허리처진 노부부는
그저 바라보고만 있다

빈 짐차 뒷칸에 먼지바람 더 날리고
들깨 튼 멍석 위 참새 떼 훔쳐보다
멈칫하는 까치의 무관심으로
입대다만 홍시에 대고 궁시렁댄다

아껴놓은 자식 생각에 까치발 세워
서릿발 풀린 창고 위 노부부는
야윈 작대기 터져버린 홍시 되어
감꼭지 찬바람에 휘날리는데
문기둥에 웅크린 휠체어 가득
까치밥이 담겨 있다

맛있는 낙엽

둥근 사발에서 피어나는 낙엽
더위에 말라버린 하늘은
혀에 길들여진 새로운 맛 찾아
12첩 반상 낙엽이 맛깔나게 익어간다

산봉우리 아래 등 가려운 들녘
오미의 맛으로도 흉내 낼 수 없는
군침 삼키는 붉은 단풍은 아직 젊었을까
감칠맛 더한 고흐의 가을풍경 속으로
부서지는 회오리바람이 황홀하다

검붉은 바다로
신성한 땅 내음 뚫고
떡갈나무 숲 가을 향기를 찾아
거위는 낙엽 속에 갇혔다

홍천 내면 은행나무 숲으로
피어오른 물안개 속에서
은행잎 숙성되어 있는 무투스커리
부드럽고 달콤한 낙엽을 먹는다

섣달에게

어둠은 흰색에 눈이 멀어
금 간 아스팔트길 치닫고
자동차 붉은 신호등에 매달려서
떠난다는 것과 내려놓는다는 것
목적도 이유도 될 수 없어
끝이 시작이라 말하지 마라
녹은 눈꽃은 흰색이 아니더라

지워질 기억은 찰나에 머물지만
내일은 내일을 위한 내일인가
내일은 오늘의 끝이라고
우리는 지금 시작할 뿐이다

마지막에 움켜 진 화투 패
나뭇가지 잡고 애쓰는 황금개구리
싹쓸이에 쓰리고라 외치지만
포말에 이끌려 들춰보는 밑장을 들키자 불쑥,
뭉크의 절규가 낙장이라고 소리친다
섣달 마지막 캘린더를 찢으며

첫눈

낮추고 나면 낮음은 없는 것이다
높이만 키우는 것이라면 높이도 없는 것
너무 낮아 높은 것은 차라리 두꺼운 것이다

가족에게 이웃에게 낯 두꺼운
서로가 서로에게 높낮이가 없다면
낮음과 높음의 경계도 허술해져

높을수록 낮아지고
낮아진 것은 높아져
강물보다 낮은 폭설은 지루하다

오묘한 인간의 곧바른 물줄기는
허물을 벗고 녹아내린다
서로 주고받는 진솔한 마중물은
마침내 높고 낮음이 없는 것
나는 너에게 두꺼운 높이가 되고 싶다

First Snow

After having been lowered, lowness doesn't exist
Only for adding height, height couldn't exist, either
Things too low to high is rather thick

Without high and low
In family members, in neighbors and in each other of bold faces
The boundary between highness and lowness is fragile

The higher it is, the lower it becomes
As what is lowered becomes higher
Snowfall lower than the river feels monotonous

A mysterious human beings' straight water current
Takes off the skin and melts down
Each one's exchange of sincere priming water
Finally has no highness and lowness
I want to be a thick height for you

영혼 판매처(95×50㎝, 한지, 혼합재료, 2019, 하태균)

#3 우렁찬 침묵의 숲
The Resonant Forest of Silence

소란스런 뻘밭

임진강변이 소란스럽다
맨손 치켜들고 확성기에서 나오는
개개비소리 신호탄이 되어
펄콩게는 날마다 휴전선을 오르내린다

팔 걷어붙이고 기수역 땅굴 앞에서
집게 두 손 치켜들고 엄포를 놓는다
옆으로 걷는 걸음에도 앞이 보이고
바로 보는데도 옆 눈질 하는 시위현장이다

튀어나온 눈알 백미러는 자동접이식
피켓도 촛불도 없는 농성은
갯골 뻘밭이 마르도록 비추는
망루초소 서치라이트에도 들키지 않고
고함소리도 들리지 않는다

서로 닿지 않는 근육질 손짓 마구 흔들며
갈대 샛잎 오르던 말똥게 냄새를 풍겨도
시위대 앞줄에서 진두지휘하는 너구리
최루탄을 몸으로 막고 있는 뻘밭이다

A Bustling Mud Flat

Imjin-riverside is bustling
Raising bare hands up
Upon hearing the sound from great reed warblers
from a loudspeaker as a rifle
The Ilyoplax deschampsi goes up and down to the ceasefire line

Rolling up sleeves
And raising up claws in front of the tunnel at Kisu-station,
it blusters
It's the demonstration site that shows the front scene even
in the middle of walking sideways
And gives a side glance while staring at the site

Rear mirrors as bulging eyes are automatic folding
Sit-ins without pickets and candles aren't discovered by
Search lights in watchtower guard posts that light mud
flats of a tidal channel until they're dried up
And even cries don't hear

Roughly waving muscle hands that don't reach each other
Even reeking of the Sesarma dehaani that crawls up
new leaves of reeds
Raccoons in the front row while leading the demonstrators are
Mud flats that block tear gas

그냥 왔을 리 없다는

바닷길 스치고 빙 돌아
입 거품에 갯물 뒤집어쓰고는
반나절 두들겨주고 실컷 되받다
다시금 바닷길 나선다는 것이
저절로 왔을 리 없다는

아침나절 흔드는 참매미 소리로
한철 울다가 훌쩍 가버린 여름 햇살이
무더운 밤새 불빛 쫓아다니다
아침 창 밑에 나뒹구는 흰 나방이
한더위의 무덤이었다는 것이
그냥 왔을 리 없다는

잿빛 화장실에 날뛰던 빌딩 숲
귀뚜라미는 더 이상 울지 않으며
태극문양 호랑나비도 본지 오래
숲속 풀벌레의 작아지는 소리가
자동차 긴 꽁무니만의 탓인가
자연은 언제나 충전 없는 천정저울
그 간절한 외침이 식어가고 있다
모든 게 그냥 왔을 리 없다는

파도는 소리가 없다

갯바위 쓰다듬는 파도가
토담집 봉창을 두들기며
침팬지 밀림을 두들기는 소리에 놀라
풀 먹인 옷감에 달군 핸드 해머는
거친 다림질이 무겁게 떨린다

나무 도마 두들기면 음이 삐걱거리는 건반
나스닥 두들겨 코스닥 문이 열리고
잘못을 꾸짖는 지루한 소리에
국회의사당 주춧돌 실금이 생기면
판결봉 두들겨 일으키는 투통은
더 이상 아프지 않다

딱따구리 쪼아 구멍 나버린 초승달에
매달린 절구 붙들고 있는 토끼 한 쌍
큐피드 날개에서 일으키는 징소리는
하늘 문풍지를 두드리는데
소리 나지 않는 난타는 바다를 떠다닌다

이방인

거짓은 참의 이방인이다

입 다문 마음에 찡그린 얼굴
검정색 튤립은 손을 타지 않아
하얀 미사보 둘러쓴 수선화는
이미 잘려나갔다

아프리카 밀림에서 이주한 흰개미는
부산신항터미널 시멘트 바닥을 뚫고 나와
검정 개미 알을 품고 있다

숯에서 나온 미세 먼지는
화력발전소 굴뚝 기웃거리다
제어되지 않는 심장 속으로
적도보다 동북쪽이 더 수상하다고
스탠드시술에 뚫린 자줏빛깔 물들이며
참숯에 하얀 불꽃이 스며든다

뒤틀어진 법복에 버팀목 덧대고
판결봉 아무리 내려쳐도 천연염색 되지 않아
방향 잃은 젯소 붓질에 구멍이 뚫렸다
맑은 꽃술마저 검은색 품고 있던
백합 모가지를 날려도 핏자국은 흰색이 아니다
거짓인가 참인가
우린 서로에게 이방인이 아니던가

모서리 없는 사각

주춧돌 사각벽돌 위 긴 대들보
아슬아슬한 변과 변이
기둥에 위태로이 걸려있어요

닫힌 문밖에 있어도 너와 내가
문턱에 걸려있는 모서리를
함께 밟으며 넘나드는 동안에도

때 묻은 침대 온기가 없어
풀죽은 식탁 토스트만 나뒹굴고
사거리 빌딩 숲 헤매다
사각형에 갇혀 지내지만
둥글게 살고 싶은 우리 집
각진 모서리가 없어요

얼룩진 천정을 뜯어내면
변과 변이 부서지는 직선 본래,
사각은 곡선이 허리 편 것이지요

소나기에 발 담그는 순간
죽어서도 나무는 사각이 되고 싶어
잡초 무성한 댓돌 위에는 각도 꺾인
봄바람이 사각문턱을 넘고 있어요

잠견

뽕나무 자라지 않는 이수 강변
양쪽 벼랑 깎은 마디에 꾸불꾸불
세월을 거슬러 올라 4백년 석굴 뚫고
누에고치 우화되기까지
결국 다가구 벌집을 만든다
고양동, 연화동, 만불동, 봉선사
이름 짓다 만 수많은 방마다
그들만의 모습 불사르다
석회암 벽면에 겨우 붙은 조각 불상은
한줄기 빗물에 얼굴을 씻는다
처진 어깨에 목이 긴 홈의 바깥은
세상의 빛으로 어둡다

멀리 이집트 아부심벨에서
로마 폼페이에서
터키 암굴도시 카파도키아에서
신의 이름으로 익힌 세월
실크로드 사막 길 헤집고 중원까지
그 섬세한 터널을 더듬는다

망치질에 굽은 정 때리는 메아리
한 생의 풍등 띄워 놓고
삶의 잠꼬대마저 태워버린 과거는
그렇게 강 물결에 잊혀져간다
아차, 한순간 역사의 회오리는
애꿎은 한쪽 귀가 잘리고 목이 베어져
서예가의 흔적에 얼룩만 남긴 채
처절하게 까맣게 망각되고
잠견 안에서 웅크린 용문석굴이다

지옥계곡에서

수증기 기둥 냄새 퀭한 곳
저 세상도 아닌 해골표지판에는
변화무쌍한 두개의 뿔로
머리 솟아 구름 뚫고 오르는 기상
빨간 뿔 도깨비 방망이든 파란거인은
오는 이 붙들고 발씨름 중이다

아우슈비츠수용소 공장에서
난징 대학살장에서 죽음의 뜰까지
사람의 잔인함 더 독한 자 없고
거꾸로도 매단 구렁텅이 머드풀에
공짜 공기조차 삶아 버리는
사람만이 할 수 있는 영악한 목소리
지나간 슬픔들이 사라져 간다

까~악~악
까마귀 떼 노랫소리 구성지다
네 폭 병풍 산수화에 갇혀
김서림에 얼어버린 산 메아리
주인 없는 노보리베쓰 온천계곡에는
도깨비 놀이 딱 좋은 날이다

착한 일도 상처가 되고
누구를 향하여 돌팔매질 할 수 없는
그냥, 머리 숙여 보이지 않는 얼굴로
이 세상 마지막 손짓 유황온천에서
피어나는 수증기를 본다

해거름녘

안짱다리로 걷는다
높은음자리표 하얀 두 귀에 걸고

두발을 감싼 낡은 신발
몸무게를 지탱하다
실눈이 멀어 버렸다

닳을 대로 닳은 신발은
두 쪽으로 나뉨이 아프다고
뒤꿈치 구겨 신다 안으로 접혀버려
기울어진 보도블록 아래에서 부서진다

널브러진 디딤돌 위
색색이 고운 신발 엉클어진
짝짝이 신발 끈 조여매고
절뚝거리며 해거름녘을 걷는다

두 귀에 음자리표 내려앉는 노을이다

최북을 그리다

구차하게 살지 않으리라
거침없이 길 섶 나뭇가지로 그려내는 영혼은
오른쪽 눈을 찔리고 나서야 비로소 맑아져서
보이지 않던 산이 보이고 강물이 붉게 흐르다
노을은 한 점에서 꽃을 피우고
달빛은 교교히 꽃을 홀리고 있다

붓끝으로 휘둘렀던 세상사
한쪽으로 보지만 세상 다 보이는 청맹과니
붓 한 자루 치켜들면 보이지 않는 것이 없어
서슬 푸른 고관대작의 겁박을 노려보는
그댄 칠칠맞은 떠돌이라고
백번 구룡연 벼랑 뛰어 내리고 남았으리라

눈알을 내팽개치고
붓을 꺾는다는 것이 귀를 자른
고흐의 듣지 않는 것보다 쉬운 것이었을까

구차하게 살지 않으리라고
낡은 짚신 고추신고 저무는 산길
붓 한 자루로 쓸며 걷는 호생관을
오늘 미술관에서 만나고 있다

당신은 누구인가요?

야윈 누더기 차가운 옷깃을 여미며
행려병자 죽음 앞 눈시울 뜨겁지 않다

삶의 결정은 나로부터 시작하는 것이라고
"나는 노리개를 거부하오
불꽃으로 타올라 한줌의 재가 될지언정"
살아서도 죽어서도 고독한 페미니스트는

외롭고 가슴 아픈 투쟁 앞에
고달픈 선각자의 자유로운 영혼
처음이라는 두려움과 부러움이
어디서부터 잘못 엮여진 것인지
차별이라는 그물 안에서 꿈틀거리는
죽음의 말 없는 콤플렉스

드높았든 위상은 사라지고
모든 걸 내려놓고 무너져 버린 여성이냐
시대를 거슬러 가시밭에 넘어진 고통이냐
너무 일찍 늙은 넋이 아니던가
장미 한 송이 붉은 그대 이름 나혜석,

수이푼 강물은 마르지 않는다
(이상설 선생님 유허비에서)

말 달리면 경계선이 줄어드는
만주벌판 허허롭다
고국을 잃고 나니 깡그리 사라진 터전
머무를 구름의 텃밭도 사라졌나

강물에 멈춰버린 시간이
헤이그에서 지구 반 바퀴 지나
미국을 돌아 연해주까지
피고 없는 재판 사형선고가 내려졌다
조국 땅에 비수를 꽂은
그날의 아픔이 뼈에 사무친다

수이푼 강변 폭우를 뚫고 펼치는
푸르고 푸른 강산의 거친 삶
아모르강변에서
오호츠크 해변을 돌아와
귀국하는 날도 있었더냐
새로운 햇살을 찾을 수 있었던가
왜 이제 왔냐고
"내 몸과 유품은 모두 불태우고
그 재도 바다에 날린 뒤 제사도 지내지 말라"
새겨 놓은 묘비만이 수이푼 강둑에서
만주벌판을 노려보고 있다

벤치에서

궂은 세월에 낡아 버린 노란우산
은행나무에 기대고 있어요
누군가 보듬다 무안당한 모습
숨 거둔 낙엽이 얼굴을 붉혀도

빗나간 일기예보
준비 없이 맞는 잿빛 지붕에
나무는 죽어서 불을 피우고
거꾸로 뒤집혀도 다시 살고 싶은 낙엽은
가랑비에 날개를 펼쳐보아요

색 바랜 벤치에 나란히 앉은 노부부
멀리 철새 노니는 강을 훔치며
떨어지는 낙엽에 손을 내 밀어요
주름진 그대 이제 무거운 삶은 내려놓아요
노랑우산 위로 떨어지는 은행잎에게
할아버지는 지팡이를 건네고 있어요

On the Bench

A worn yellow umbrella of cloudy years
Leans against a ginkgo tree
To its embarrassment from trying to hug someone
Breathless fallen leaves turn red

A wrong weather forecast
Under a gray roof without preparation
A tree dies and kindles a fire
Fallen leaves eager to live a life again even in an upside down
state
And spread their wings in fine rain

An old couple sitting side by side on a faded bench
Steal a look at the river with migratory birds' dancing
And hold out their hands to falling leaves
My darling with wrinkles, let your heavy life down now
To the leaves of a ginkgo tree that fall over a yellow umbrella
A grandfather passes over his cane

DNA는 복제되지 않는다(140×85㎝, 한지, 혼합재료, 2018, 하태균)

PART
#4 태양의 화상
Sun Burn

떠도는 섬

육지에서 쫓겨난 조각보
파도에 부서지고 찢어졌지만
먼 바다 유랑길에 버려진 것들이
서로 만나 불어나는 서러움이다

걸작품이라는 원조 광고포장지
미녀의 눈망울은 눈물에 잠겨
웃고 있지만 조각난 쓴웃음
바다 하치장에 맴돌다
발 디딜 곳 없는 보트피플
끝없는 항해는 종착지가 없다

지하통로 빠져나온 노숙자는
돛대에 걸려 녹조가 끼었고
짬밥통 찌꺼기 거품도 녹슨다

푸른 바다에 항해의 죗값을 치르는 물결
앙금도 갈등도 뒤엉켜 구르며
영문 없이 죽은 범고래의 살로 만든 섬
처리되지 않는 쓰레기로 만든 섬
몸살 난 알바트로스가 아프고
몸져누운 해변이 저리고 아리다

An Floating Island

A scraps of cloth expelled from the land
Is broken up and torn by waves
Thrown away things on the travel to the high sea
Meet and add

Original wrapping paper promotes it's a masterpiece
Eyes of a beautiful woman smile with tears
Shattered bitter smiles hover over dumping sites of the sea
Boat people who lost their territory
Have no destination and keep their endless voyage

The homeless out of underground pass
Are stuck in a mast and wear green algae
Foams from residue in free food trays also rust

The wave pays for its sinful journey to the blue sea
An island is made with the mysteriously dead killer-whale's flesh
Rolling with baggage and conflict
In an Island full of unprocessed garbage
Sick Short-tailed Albatross feels pain
The lying beach is painful and has pins and needles

섬에서 섬을 만나다

뒤엉켜버린 바닷물 쓴맛이 떠오른다
스테인드글라스에 조각난 플랑크톤
부력 잃고 미세먼지 떠받치다
미세플라스틱에 갇혀 굳어버린 섬
향유고래 눈동자가 아른거린다

혼숫감 얻어 돌아온 탕자는
도시 뒷골목 떠돌다 집마저 잃고
쪼들리는 신혼 살림살이도
모래톱 모자이크 조각을 맞추고 있다
파도에서 피어나는 적막
바위 구석구석으로 내몰린 섬 풀꽃
방부제 덧칠한 십자조르기에
어지러운 쓰레기 산더미 빨랫감 되어
밀려오면 그만인 해변마디가 아프다

아련한 추억은 그렇게 떠돌고
해파리 된 비닐봉지에 벌린 입
괭이갈매기 눈망울 루어낚시에 걸려
한없이 내어 줄 것 같은 갈라파고스
나는 섬에서 다시 섬을 만나고 있다

미세먼지

산발한 꽃가루 담을 넘어
하늬바람 훔쳐 타고 오는
황금빛에 이미 분쇄되었다

굴뚝연기 허리 굽어
푸른 산야를 맴돌다
검게 그을려 애태우던 모습으로
하회별신굿 선비탈 둘러쓰고
민낯 하나 보여주지 못 한다

스모그에 숨어 떠돌다
양재 나들목 꼬리물기 따라가는
숨 가쁜 단봇짐 행렬에는
먼지의 기억 속으로
찌든 마음까지 헹궈내던
마파람마저 늙어간다

초미세먼지에는 먼지가 없다

남녘 하늘빛이 수상하다

한아름 노랑먼지 실루엣 되어
한숨 쉬는 굴뚝 연기 길게 풀고
도심 깍지 낀 빌딩 틈새
작아지고 더 가늘어져
덩그러니 낮볕마저 힘이 없다

나란히 줄 지은 지하상가 눈이 멀어
곪아 터져버린 마음 반 깁스를 하고
호박등 여럿이 밝혀 놓고도
상처투성이 온 사방을 가리지 못해
주인 잃은 환풍기에 바람이 없다

샛바람에 몸살 앓는 이기심으로
들풀의 눈물에 붉은 꽃 피어도
녹슨 볼멘소리는 시들어 가도
새벽시장에 걸려있는 서푼짜리 도심 길

때도 없이 굴뚝 연기 솟아오르는
나쁨 매우 나쁨 짜깁기된 일기예보
숨 막힌 매연이 베일을 열어젖힌다

영혼은 낚이지 않는다

수평선 해무에 걸려있는 새벽
갯바람 걸터앉은 모퉁이 좌대에
떡밥 진하게 뿌려 놓고
새우 낚싯대 길게 던진다

7호 낚시 바늘에 눈 감은 참다랑어는
몰라 하는 봉돌호수에 걸려
목줄만 늘어나 입 다물지 못한다

가두리 그물망 속
그물코에 관심 많은 고도리 떼는
나부대고 발버둥 쳐도
보호망에 비늘 벗겨져 자유로운
슬픔이 밖으로 나가지 못한다

잿밥에 눈 먼 메가리 떼
어두운 바다 훑이며 헤매다
결국, 한 마리 감성돔 가두리를 넘는다

입질 없는 포인트 맴 돌다
들물 때 손맛 느낄 새 없이
허우적거리는 바닷물 담 너머
자유로운 구속이 된다

표범의 숲

동물원 쇠창살에 포효가 걸려 있다
킬리만자로에서 걸어온

야망은 야수의 기억이어서
피 튀기는 사투 없이도
숲속에는 죽통 아랫배가 부르다

엄브렐라 둥근 나무 밑
빛나던 눈빛으로
오르지 못해 험악한 밀림을
국경 없는 빅토리아 호수 위로
마사이족 그림자가 울렁거린다

담장에 갇혀 족쇄는 눈 멀고
옹알이에 놀란 알코올 중독자 외침에도
걷히지 않는 안개 숲
표범이 창틀을 깨부수고 있다

뜨거운 겨울

계단을 오른다 너무 오르면
밑이 보이지 않는 연탄 불꽃도
3평 쪽방에서 소금을 굽는다
버텨야지 웅크린 가난이라면
차가운 아침이 오기 전
양지바른 담장 밑에서 열을 올린다

눈 구경 한번하기 힘든 시절에
강물도 손 내밀어 얼어 본지 오래고
찬 공기에 말문 막힌 삶의 소용돌이
극의 경계에 고동소리 목이 메는데
자선냄비 빙판 온도계 밟고 지나가는
세월의 바다를 건널 수나 있을는지

낯선 풍경에 어리둥절한 것이
개나리, 연산홍 꽃잎만 있으랴 만은
벚꽃은 찬 하늘에 빛난 지 오래고
일기장에 숨겨둔 천 원짜리 한 장의 비밀
어느새 나뭇가지에 씨눈을 품고 있는데

비와 손수레

좋았던 과거는 어제의 기억뿐이었던가
6차선대로 시가 행렬 속 손수레에 끌려가는
할머니의 어제는 행복했다며
얼굴보다 큰 마스크 머리에 눌러 쓰고
질끈 묶은 운동화 한숨을 끌며
굽은 버스정류소 오르막길을
하나라도 더 실어야 한다고
보슬비를 헤집는다

끝없이 잡아끌어도 삶은 역주행하지 않는다
자동차 틈에 끼여 보이지 않는 중앙선
꼼짝달싹하지 못하는 붉은 신호등에 갇혔다
할머니의 손수레는

만 원짜리 푸른색 스티커 한 장 들고
골목 전봇대 아래에 서면
앞을 가리는 눈물 속으로 지켜보는
감시카메라에 갇혀 있는 봄비는
손수레에 밀려가는 어제의 기억일 뿐

로드 킬

지방도 1001호선
야생동물주의 표지판을 걷어차고
영역표시에 발톱 싸인 남기며
고라니 한 마리가 달려가고 있다

여시골 산기슭 오르는 차창에
가차 없이 나타났던 고라니는
냅다 중앙선을 가로지르더니
튜닝카 앞 범퍼에 걸려 보이지 않는다
껌벅거리는 동공 속 눈물 가득한데
들여다보던 나도 눈을 감는다

가드레일에 굽은 두 다리는 탈골되고
뒤따르던 불빛에 앞다리마저 밟혀
아스팔트와 한 몸이 되고 싶었나
별빛에 가위가 눌린 북어포를 만져본다

불빛에도 제어되지 않는 게이지 속도
북어포의 양면을 쓰다듬으며
물속에서 너는 얼마나 달리고 싶었을까
북어포와 고라니를 일으켜 세워 보지만
쉽게 펴지지 않는 억눌림이다

물의 승천

동북쪽 끝자락에서 일어나
회오리바람 용오름 되어 오르고
오랜 기록들이 사라져 버렸다
낡은 산등성이에 서 있는 보호수
오백년 마파람 맞으며
기록에도 없는 강우량은
계곡도 강물도 모두 함물이 되어
바다가 부풀어 오른다

꼬박 이틀 동안의 장대폭우에
지리산 산간 마을이 송두리째 없어졌다고
모든 것이 사라진 세간살이 문전옥답
교각 가운데 뼈대만 걸쳐진 통나무에
둑방길 전봇대 사족을 못 쓰고 흘러내려
지도에서 사라지니 물길만이 무심하다

바람도 물도 잦아 든 시각 폐허가 된
골짜기마다 낮은 구름 드리우고
산언덕 먼 곳에서 저녁밥 짓는
연기가 피어오르고 있다
물이 사라진 후 승천하는
연기의 용오름이다

피사이 묘지마을

죽음이 풍요로운 마을
생이 끝나는 곳에서 다시 시작되는 삶
가난이 또 다른 삶의 굴레라면
죽음에도 서열이 있다고
말린 장미꽃 단칸방에 올려지면
달세 없는 신혼 잠이 상큼하다

봉분형 묘지책상 의자에 걸터앉아
다리 펴는 아파트형 서민묘지
유골 수습하고 비운 자리
기다리는 행렬 죽은 자를 위한 일탈인가
찌든 때 벗기고 나면 더 어지러운데
페인트 벽 하얀 먼지에 거미줄 치는 묘지마을

야외 목욕탕 놀이터 언저리에
열려있는 창문 살아있는 게 무엇인가
삶과 죽음이 공평하다 하는
책 읽는 아이들 소리에 걸려있는 노을 볕
피사이 묘지마을에는 죽음이 없다

찌따룸강의 눈물

새 옷 걸쳐 입고 강가에 서면
물의 소용돌이가 보호막이 되어
밑천 적게 들인 장사가 성공까지 한다며
약품에 새겨진 얇은 천 조각
하수구 끝단 말문이 답답해진다

물감은 반죽이 잘 될수록
똥천 웃물에 살던 기생충 배앓이에
늙은 지렁이가 건너는
아랫강물은 허리를 비틀고 있다

큰물에 보이지 않는 검은 그림자는
씨레기 해장국 한 그릇에 잠겨있고
헝겊 옷가지 적시는 악어 눈물은
강줄기 따라 어둠의 숲에서 자란다

좋은 약일수록 쓰다고 했던가
처음 입은 외투에 흘린 약봉지 얼룩
찌따룸강은 검은 상처에 얼룩이 졌다

물의 칸타타

기마병 왼쪽 눈을 피하고
곤돌라 돌려 바다를 메웠다
운이 좋은 세레니시마 가문이 있어
지중해 섬과 섬은 구름으로 잇고
길과 길을 갯바람이 엮어 놓는다

카날그란데 나무말뚝 S자 몸매를 다듬고
산마르코 성당에 두칼레 궁전을 오가며
탄식의 다리 가면무도회 카사노바 활개치다
빙하는 장대비에 떠내려가
멀찌감치 홍수가 밀려들어 온다

수중펌프 물기둥 문턱마다 철가방 되어
기웃거리며 물이 빠지지 않는
캐리어에 묶인 이방인은 난민이 되었다
저잣거리 뒹구는 빈 병의 벨리댄스
커피 칸타타 바흐마저 혓바닥 날름거리며
카페광장 비둘기를 쫓아내는 붉은 처녀들
수상택시 방주에 오르고 있다

겨우살이

마른하늘로 뚫은 길 비상구가 없어
침방울 거북등에 달라붙은 타원
추위도 더위도 스스로 건너뛰며
시도 때도 없이 이동하는 베이스캠프
가시 돋친 포식자는 마스크 하지 않아요

약이 독 된 것이냐
속 빈 강정에 자라는 가지를 잘라도
거대한 숲조차 단숨에 무너뜨리는
바이러스는 천막농성을 하고 있어요

우듬지에 상처 입은 마스크 벗겨
푸른 하늘 들숨을 틔워 격리 시켜도
자꾸만 자라나 더 많아지는 가족들
앙상한 혼돈 속에서 새순 키우는
겨우살이 긴 장맛비에 떠도는 포자
당신의 콧속으로 들어가려 하고 있어요

A Mistletoe

No exit for the penetrated road to the dry sky
Oval droplets on the turtle back
Base camps traveling all the time
And jumping over cold and heat on its own
Spiky predators don't wear masks

Does the medicine turn poisonous?
Cutting the branches of a turnip
The virus sweeping away the great forest
Is having a sit-in protest under tents

Taking off wounded masks on a treetop
Exhaling the breath of blue sky and quarantining them
Families endlessly being added
And floating spores of mistletoe in a rainy season
Are to get into your nose

도플갱어

복제된 뚝배기에 데워진 열기
먼발치 머무는 찬 기운 힘을 잃고
가위에 잘린 아지랑이 후유증에
과거 없이 조작된 산철쭉 줄기세포
시험관에서 꽃이 피어요

빗장 건 DNA 입자들
태풍에도 꽃눈이 달렸는지
한 가지에 낙엽 떨치기도 서러운데
DNA 이중 사슬에서 피는 꽃잎
핏빛 영산홍 눈밭에 피내요

찬바람에 눈 가려 비문증 앓는 꽃잎
봄날에는 어떤 상념을 갖는지요
상처 입은 DNA 살을 붙이고
짜깁기된 씨눈에 키메라 앵글을 맞추면
좌표 잃은 DNA 어디로 갈까요

더 오르고 싶지 않은(75×50㎝, 한지, 혼합재료, 2020, 하태균)

#5 수감 중인 영혼
Souls in Prison

늘씬한 비만로봇

고리타분한 생각을 두들겨
한 처음 생각을 웹서핑하면
머리 큰 로봇은 깡통으로 만들었다

텅 빈 생각을 생각하는 동안에도
갸우뚱 앞으로만 걷고
전류를 먹어 아무리 포식해도
늘씬한 몸뚱이 뒤로 걷지 않는다

눈동자 없어도 잘 보이는 내비게이션
만국어에 막힘이 없다지만
입맛 없어도 황금 레시피에 길들여져
옷은 벗어나 입어나 단벌이다

앉거나 걷는 움직임에 득음은
개가 되었다가 고양이도 되고
털 없어도 추운 줄 몰라
누드로만 살겠다고 고집을 피운다

어리광에 누드는 혼자가 좋아
다시 숲으로 돌아가자고
자연인이 되겠다고 하지만
도심에 버려진 비만한 깡통로봇
맛에 길들여져 걸음걸이 뒤뚱거린다

A Gorgeous Robot out of Obesity

As I surf my first thought with web
From the stuffy ideas
A robot with a big head is made of tin cans

In vacuum thoughts
It slantwise moves only forward
No matter how much it is full with electric current
Its gorgeous body never walks backwards

Even though a navigation system having good sight without pupils
Is no blockage in all languages
Being used to the golden recipe regardless of its appetite
It has only a suit, wearing or not wearing it

The benefit of sitting or walking
Becomes a dog or a cat
As it doesn't feel cold even it has no hair
It insists on making its life in the nude

A naked body under the childish stubbornness wishing to be
alone
Suggests to go back to the forest
And declares that it will be a natural person
A gorgeous tin robot abandoned in a downtown
Is tamed by the taste and waddles

물꼬

물안개 퍼 올리는 꿈은 치솟아
빛의 울음으로 비로소 용이 된다

버들치 잠재우고
풀꽃 어우러져 술래잡기하다
바위 틈새를 뚫고 가끔은
뜨거운 세상 에돌아
고드름 사위어서
거울호수 건너편 지나
나침판 없는 길을 건너고 있다

번지점프 소용돌이 일으키고
수제공 품속 맴돌다
흙탕물 샛강 되어
물넘이보 등 채이며 멍들어도
낮은 곳으로만 찾아가는 잠룡이다

물무리 갈길 하염없이 멀어도
허리 펴며 굽은 길 돌아
예부터 그러했듯이
엎드려 낮은 곳으로만 흐르는

The Irrigation Gate

The dream spreading a rain fog soars
It finally becomes a dragon with the cry of light

Putting the Moroco oxycephalus to sleep
Playing hide-and-seek in grass
Penetrating a rock crevice sometimes
Detouring the hot world
When icicles melt
And go through the mirror lake
It crosses the road out of compass

A bungee jump whirlpools,
Hovering in a strand groin
Making muddy water a tributary river
Even being bruised on the back through the kicking
from a overflow weir
A hidden dragon goes downward

How far the ways of traveling water are
Straightening the back and passing through the curved road
As it has been before
Lying and going downward

진북(眞北)

북쪽은 없었다
문득 기준이 필요하여
사계절 밝은 별자리 방향을
북쪽이라 정하고는
차갑고 어두운 시간을 만들었제

소금사막 너머 아랍상인들이
북극별 쫓다 낙타 지나는 길마저 잃어
다시 나침판에 자북(磁北)을 정하고
경계가 정확한 북쪽을 구했지

바다 오차는 보이지 않는 곳으로
또 다른 항로를 찾게 되고
링반데룽의 어리석은 등반가들이
거대한 지도에 도북(圖北)이라 선을 긋고
이게 북쪽의 끝이라고 했지

보이는게 모두가 아니란 것을
알지 못하는 칠칠한 호기심은
미리내 어딘가 숨은 사각형 별 위에서
조금씩 변화되어 가는
잃어버린 북쪽을 찾고 있다

진북(眞北)

북쪽은 없었다
문득 기준이 필요하여
사계절 밝은 별자리 방향을
북쪽이라 정하고는
차갑고 어두운 시간을 만들었지

소금사막 너머 아랍상인들이
북극별 쫓다 낙타 지나는 길마저 잃어
다시 나침판에 자북(磁北)을 정하고
경계가 정확한 북쪽을 구했지

바다 오차는 보이지 않는 곳으로
또 다른 항로를 찾게 되고
링반데룽의 어리석은 등반가들이
거대한 지도에 도북(圖北)이라 선을 긋고
이게 북쪽의 끝이라고 했지

보이는 게 모두가 아니란 것을
알지 못하는 칠칠한 호기심은
미리내 어딘가 숨은 사각형 별 위에서
조금씩 변화되어 가는
잃어버린 북쪽을 찾고 있다

청계호수

에메랄드 하늘에 구슬치기
오색치마폭에 가둬놓은 호수
신혼의 달콤함이 출렁거리는
산정호수에 군침이 고인다

산 그림자 걸어와 술잔이 되고
찰랑거리는 거울호수 속에서
허니문 술안주 익어만 가는데
영원히 맑을 눈동자 속에서
물수제비 뜨는 청둥오리 떼

해거름녘 더 빛나는 잔물결
책갈피 안에서 뜀박질하고
새벽녘 걷어찼던 홑이불 끌어당기면
별빛 담긴 호수가 먼저 눈뜨는
청계호수에 산 그림자 영롱하다

장돌뱅이

북적대는 장터가 좋아
푸성귀 보따리 보도블록 줄 잇고
골목마다 입맛 돋우는 땡초전
하우스 속 복수박이 나뒹구는
미꾸라지 금이 간 고무대야 맴돌고
천 원짜리 떨이상품에도
황소울음 거래되지 않는다

시장 인심은 달콤한가
저작거리는 마스크로 북적거리고
신작로 따라가는 간고등어 한 줄
계획도 없고 목적도 없다
가고 싶어 가는 날이 장날이랬지
기다리는 첫차는 너무 느려 비린내가 난다

하룻강아지 배 깔고 드러누운 공터에
마네킹이 부르는 노랫가락 신나서
자동차 맞는 행렬 방향 없이 다녀도
그냥 머무는 곳이 목적지다

5일 장날은 낡은 필름통에 시들어
야채가게 출입문에 풀죽은 달마시안 강아지
눈 깜박거리며 사진 찍어도 흑백이네
주차장 벤치를 오르락내리락 도둑고양이
스마트폰으로 호객하는 장날이다

할~무이 집

말쑥한 흙먼지 덮인 할~무이 집
저고리 담쟁이 구겨진 돌담 어우러져
어깨 꺾인 살구나무에 거꾸로 선 장독대
나비 한 마리 날아들어요

나붓나붓 기웃거리며
꽃무리 흐드러지게 피어
사방 트인 대청마루 비추고 앞마당
할머니 유모차 따라가는 꽃나비

살구꽃 앙상하게 언젠가 사라지지만
지는 꽃보다 더 무거운
꽃가지 사이를 가볍게 빠져나가
할~무이 헛기침 속으로 파고들어요

아부지는 박달재를 모른다

많이 불러대서 목청에 뚫린 나무터널
막걸리 한 사발에 도토리묵 안주는
입맛에 당겨 녹음테이프가 늘어나고
울고 넘다 날밤을 새었다며
18번 노랫소리 박달재를 넘네요

걷는 문턱에 노랫가락 꽃이 피고
리어카 똥장군 끌던 진고개 길따라
기약 없이 드러누운 금봉이에 취하여
우리 아부지는 박달재를 부르며
가사에 목 메인 박달재에서 오늘도
휴대용카세트 소리 높여 눈웃음 짓는다

민둥머리 독수리

사나운 발톱 매서운 눈으로도
휘어잡지 못하는 하늘을 보며
얼레에 묶여 플라스틱 옷 입었지만
날갯짓만큼은 호통이다

늙은 허수아비 등 돌렸는데
같은 공간 더 높은 곳으로
오르내리기 반복하다 쇠말뚝에 붙잡혀
휜 부리 짓뭉개져도 꽁지깃 중심 잡아
노려보는 가을 들판이다

참새도 멧새도 빠져나간 자리엔
털다 만 쥐눈이콩 쭉정이만 남아
차가운 들녘을 휘저으며
언제 벗어날지 모르는 삭막한
창공을 가로질러 날아도 제자리에서
앞서 날으는 가오리연을 따르고 있다

길을 마중하다

둘이 걷던 길 홀로 걷는다
이퀄라이저 그래프 높아져도
생각의 높낮이가 흐릿해지면
수평선 건너에서 기다릴 수밖에 없는
쌍끌이 배는 잘못 든 밀물에 길을 잃는다
바지선 끌고 가는 예인선 때를 알아
괭이갈매기 따라가지 않는다

가는 길에 흔들리지 말라고
가다 보면 오는 길도 보인다고
언제나 바라보고 기다리는 힘이 되어
방황하는 길목에서 닫힌 문 열어주며
겨릿소 이끄는 너의 농부가 되는
너무 많이 걸어온 것일까
길 너머에도 있는 길
김해공항 이륙하는 아들을 돌아다본다

이별을 망각하다

길 서둘다 생각 난 메시지
달리는 오른손이 허전하다
베개 밑에 소중히 챙겨둔 잠결
모닝콜 이른 잠꼬대가 생각난다

딸아이가 치켜 올린 이모티콘 손짓
내 생각과 행동으로 저장된 모습이
디지털 기억으로 블랙아웃이 된다
항상 곁에서 나를 지켜봐 온 그날들
함께한 기억을 지우고 싶었나 보다

리셋 되어버린 문자 없는 숫자놀이
헛말이 되어 날아 가버린 아날로그 기억에는
복원할 수 있는 길이 없다 그랬습니까

가던 먼 길 멈추고 돌릴 수밖에
잠시 잃어버린 기억을 찾아서
헤어지면 언젠가 돌아오겠지
외국인이 되어버린 이국땅에서
난 한참을 헤매고 있다

취중 건망증

신바람에 깊어가는 밤
노래방 사이키 조명 잘도 돌아
스크린 자막 팔자걸음에 술잔이 기우뚱거린다
오늘 조금 일찍 와달라는 각시의 부탁 전화
멜로디에 빠져 악보에도 없는 벨소리
귀먹은 지 오래되었고
몇 번이고 떴다 사라지는 문자메시지
노래방 점수에 가산점을 주었지

너무한다는 딸아이
"뭐가 중하냐고요 생각이나 한번 해보이소"
화장실에서 훔쳐본 메시지에
한 대 얻어맞은 뒤 달려간 거실에는
아들 녀석마저 엄마 쪽으로 짝 달라붙어
30년 데리고 산 것만으로도 감사해야 된다나
모든 것이 핑계라는 말에 설움도 잠시
옆으로 돌아 누운 귓전에 들리는 쟁쟁한 목소리
넌 누구를 위하여 사는 것이냐

밤새도록 짹각거리는 시계바늘이 술병을 찔러
꿈인가 취중인가 비몽사몽 들리는
"에나 뭐가 중한 것이냐고요"

넝쿨째 굴러온

호박은,
나전칠기 함에 빠진 별똥별이고요
신비한 지구별 운 좋게 찾아와
함께 숨 쉬고 나뒹굴 수 있어
나는 억세게 운이 좋은 남자랍니다

루비 돌에 새긴 해운대 첫 발걸음
물 어둠 걷어내고 잰 마음 씻어
호박잎 뒷면으로 숨은 당신의 목소리
네일아트에 새겨 놓아요

끝 모르게 자라나는 덩굴
넓은 호박잎이 내민 방석으로
노란 꽃 눌러앉으면 호박의자 되어
맷돌호박 좋아하던 어머님 품 안에서
나는 당신을 안아보아요

마지막에서 영원으로 이어지고
깨질 수 없는 인연을 따라
우주의 품 속은 한 없이 자라나는
넝쿨째 굴러온 당신입니다

맷돌호박

봄 가뭄에 마르지 않는
쌍떡잎은 두툼하게
바위를 넘으니 앞산이 넘본다

노랑나비 날갯짓에
깔때기 초롱나팔 들썩거리는데
허우대 좋은 태평무 춤사위는
바위등짝 더듬으며 옷자락 휘감고
사향이 먹다 버린 달이 떠오른다

돌 틈새에 가부좌하고
오금 저리도록 휜 허리춤
그림자 머무는 자리에 날아드는
호박벌 한 쌍

어깨 처진 잎사귀 빗물 받아
바위에 얹힌 못난이 맷돌
달빛을 갈고 있다

빈집

움츠린 가지에
그리움 하나 매달렸다
찬바람에 야윈 초승달
오막살이 단칸방에
텅 빈 헌 바가지

빈손으로 돌아와
핏대 선 날갯짓
철 이른 소슬바람에도 놀라던
아등바등 여름날의 곡예

구름 너머로 흘러
지우다 만 흔적
된서리 내린 거미줄 위로 올라간
환한 발자국 밟는 어둠 속에서
동박새 한 마리 날아든다

An Empty House

On the emaciated branches
Hung a piece of longing
A weakening crescent in the cold wind
An empty old gourd bowl
In a hut of a single room

Coming back empty-handed
It flaps with strained veins
Summer days' utmost acrobatics
That were startled even in an early autumn breeze

Traces from being erased
Flow over the clouds
A white-eye flies over
In the darkness treading bright footprints
On top of the frosty spider web

하루살이

단칸 연못 사계절이 한 시간이다
개구리밥 숨겨 오남매 키우는
물 밖 나들이는 운이 좋았다

잠결에 곁눈 비비고
배영의 곡예도 잠시
군무 속 마지막 춤은
하루에 충실할 따름이다

여우비에 쫓겨나간 쌍무지개
방충망은 잘도 피했지
졸린 불빛에 설친 밤잠
속절없는 한나절에 뭘 더 바라나

차가운 시간
어둠창 밑 아침이 조용하다
홑이불 걷어차 버리면 구겨지는
나와 누이는 그렇게 생이별하고
뜬눈으로 새워도 한평생인 걸

불로장생의 꿈(75×50㎝, 한지, 혼합재료, 2020, 하태균)

트래버스 측량

오차 없이 살 거라 착각일랑 말자
센티미터로 조정되지 않는 세상이다

비뚤어진 측량의 시작점은
서로 조정되지 않은 욕망으로
한 점 개방 트래버스 닫혀버린
오차범위 내에서 방황하는 변곡점이다
거리와 방위각에 붙은 정확도라는 것쯤은
세상 궤적을 다 본다는 측량이겠지만

마른 빌딩 모퉁이를 돌아
깊이 모르는 도심에서
거리와 방위각만 찾는 GPS 측량은
꼭짓점에서 항상 어긋나 있지

거꾸로 도는 시계방향 각도에
삼각대를 맞추고 오차는 등호로 연결되어
생긴 오차 한 점에서도 답을 얻지 못했지

돌고 도는 우주의 한 축은
누구 하나 조종하는 이 없어도
다각측량 되지 않은 지구의 중심
오차 범위 내에서 기준점은
사라지고 없는 트래버스 측량이다

Traverse Survey

Don't make a mistake of not having trial and error
It's the world that won't be adjusted in centimeters

The starting point of a crooked survey is
A wandering infection point within the margin of error
In a completely closed open-traverse
From unadjusted desires
The accuracy of the distance and the azimuth
May mean the measurement looking through
all the trajectories of the world

Turning around the corner of a dry building
In the unmeasurable downtown
GPS measurement only searching for the distance and the azimuth
Always deviates from the vertex

With the tripod being adjusted to counterclockwise angles
And the errors being connected with an equal sign
No answer was drawn from one point of the error

As there's nobody who controls
One axis of the revolving universe
In the reference point within the margin of error
On the center of the earth not multi-measured
Is traverse survey that has disappeared

달빛을 훔치다

지푸라기에 묶여 있는 달빛
한 덩어리가 밝아진다
모깃불 내음 원두막에 흩어지면
별빛도 숨어버린 달달한 밤에
아버지~ 콧노래에 자라나는 넝쿨

머리 맞댄 동생과 엎드린 밭두둑
빛깔 고운 보름달 밑동을 찔렀다
쥐구멍에서 새어 나오는 단맛은
쏟아지는 달빛이 일그러진다

아버지의 지게 멜빵끈이 늘어나
부르트고 금이 간 보름달 밭농사는
시장바닥 어머니의 팔리지 않는
단지 호박 주름만큼이나 해가 길고
바람 빠진 리어카에 수박통 눌러보면
덩굴손 까맣든 수박 속 건들바람이 분다

밥상머리에 앉은 아버지는
"이상도 하다~ 겉은 멀쩡한데"
그을린 불빛에 웃음 짓던 그 모습 선한데
이듬해 씨 없는 수박을 심은 아버지 손길
뱃속에 든 달빛 갈 곳을 물어본다

별밭의 건넛방

오월을 건너는 그믐밤
탱자나무 울타리를 뚫고
비닐 덮은 지푸라기 밭이랑에 엎드려
쌍쌍이 붉은 별을 더듬는다
개떡 밭에 던져진 똘기놈 처지라도
두근거리는 별빛 주체할 수 없어
새콤달콤한 재갈에 놀란 마음은
설레임이 흥건한 딸기밭이다

장독대 향한 돌팔매질에 맞은
하룻강아지 요란한데
가진 거라곤 걸음 떨리는 허기
시장통 과일 좌판대 딸기에 맛 들이면
별빛도 눈감아주는 야밤이다

춘삼월 아직 먼 이른 추위에
비닐하우스 심장에서 뜨는 별
열매는 어느덧 끝물이 되어 가는데
별 헤아리지 못해 풀죽은 하우스에서
살금살금 초저녁별이 깨기 전
주인 없는 밭이랑 더듬는다

부지깽이와 지팡이

아궁이 앞에 무거운 눈을 감고
뜨거운 부엌바닥 식혀지지 않는
근심 걱정을 밀어 넣는다

솔갈비에 입김 불어넣어
폭죽 터뜨리면 달구어지는 배고픔
삭히는 누룽지에 타는 부지깽이

걸터앉은 바위 안장에 노랫장단 한 소절
"동해물가 백두산이 우리나라 만세"라고
뒷창문 외치던 숫자놀이 아홉에 아홉에도
찬바람 빈손 되어 칭얼대던 미술시간에도
대들보에 묶여버린 오 원짜리 준비물들
이마 두른 흰 수건 풀어 아로새기면
어김없이 내리치던 할머니의 꾸지람이다

십구공탄 아가미 연탄집게에 걸려
아파트 주차선 넘는 네온 불빛
찬밥신세 전기밥통을 데우는데
경로당 마실 나갔던 할머니는
아무 소용없어진 부지깽이를
마당 짚으며 돌아오고 있다

손금

좌측을 기준으로 못 박힌 나무
소매 주름 두 번 접어 각을 세우면
직각은 접혀도 풀리지 않는다
직선으로 웃자라 삼각스케일 치수에서 피는 꽃
몽땅 연필심에 컴퍼스 구멍을 뚫어도
모눈종이 안을 맴도는 동심원이 된다

교각 읽는 데오도라이트 측량기
폴과 스타프에 끼어 막걸리는 발효 중
미세 조정된 레벨기 삼각대 구심에다
앨리데이드 구멍 맞춰 평판측량을 하면
FX공학용계산기 물레 돌려 부도 난수표를 읽는다

G펜 굵은 고딕체는 앞 걸어도 옆길로 새고
3부씩 먹지 눌러 쓴 수량산출서, 설계내역서에
암모니아 냄새가 3부 청사진을 뚫고 나오면
붓대롱에서 원유가 솟구치는 한 쌍의 삼각자
항상 구부러진 직선에 곧게 각을 세우고
뒤에서 걸어도 앞으로 가는 갈림길
움켜쥔 손 펼치면 모든 길 내 손안에 있는

설계되지 않는 설계도

한 점에서 시작되고
한 점으로 사라지는

도면을 가늘게 늘리면
직선은 마당을 펼치고
멀어졌다 다시 만나는 간방 위에
편안한 사랑채도 만들고는

지평선 경계가 저무니
면은 밑바닥부터 어두워지고
공간을 오려서 마천루에 기댄
하늘까지 만들었지

한 치 오차도 없다는
우주에 떠다니는 도면은
별이 다니는 직선의 한 점이 되어
그대와 나는 처음부터
설계되지 않은 한 점이었지

똥꿈

똥꿈은 좋은 일이 생긴다 했는데,
쓰레기매립장 침출수 시운전하다 똥통에 빠졌다
어제 입은 새 옷은 어쩌나
실시설계보고서 매뉴얼대로 했는데
이런 고약한 실수가 내게 생기다니
쓰레기더미에서 내 몸만 분리수거 되지 않아
처리수조에서 해결하지 못하는 참변은
어디서부터 온 것일까

원형 최종침전지 수질 검사소에서
스크래퍼 원통 사다리 난간을 붙잡고
이왕 더럽혀진 바지에 냅다 소리를 친다
시료 채취통 똥물을 몇 번이나 들이켰나
스컴 뿌연 거품 속에서 원통을 겨우 잡는다

몸 씻고 겉옷 말려
입석 버스 뒷자리에 냄새를 앉힌 다음
어쩔 수 없어 눈을 감는다
코를 킁킁대며 멀어지는 주위 사람들 보다
냄새 때문에 내가 더 멀리 도망가고 싶은
어린 시절 위험 속에서 헤어나지 못하고
꿈틀거리는 나무똥통에 찌든 나는
코를 씰룩거리고 있다

천왕봉에서

낮은 산이라 함부로 대하지 말라는
발걸음보다 무거운 아버지의 내뱉는 날숨
대신할게 없는 아들의 땀방울 뜨겁지 않다
산은 그 자리인데 나만 바쁘게 살아
세상의 중심이 산이라 알려 준다

보일 듯 숨은 발자취 늘 푸를 줄 알지만
허리 굽은 참나무에 걸린 화살나무
구름에 금 긋고 하늘 향해 촉을 날린다
돌계단 무릎보호대로도 모자라
철재계단 헤아리다 지쳐버린 접이식 등산 스틱
깔딱고개는 공기마저 심장마비를 일으킨다

희뿌연 하늘에 드러누운 산꼭대기
더 오를 곳이 없어 기쁨이 아니라는 건
내려오는 길이 더 가파른 능선
오르막내리막 걷다 방황하는 것이냐

지금 오르지 않으면 다시 오를 수 있을는지
차가운 천왕봉 표지석 부둥켜안고
더 오를 수 있는 길을 찾고 있다

숲속에 쌓이는 것들

첫눈에 반해버린 설레임
멍석구름 오르는 동아줄 보이지 않고
함박꽃 웃음이 피어난다
얽히고설킨 한더위에 감겨
사무치는 그리움 삭이지 못하고
돌아서는 걸음에도 봉우리 맺히는 당신은
어둡지 못한 뒷면은 반만 밝아졌구나

함양 상림으로 가면 생각나는
낙엽에 밟히는 당신의 얼굴
함께 걷던 오솔길에 멈추어
가끔씩 서성이는 첫눈이다

앙상한 갈낙엽은 내 마음만큼 낡아
눈 쌓인 바닥 돌에 주름지는
미련 없이 살다가 가자고
추억이 하얗게 쏟아지는 숲이다

청둥오리 날고 싶다

어! 저놈들 날지 못하네
알록달록한 날갯짓 서투르다

목포에서 뱃길로 1시간여 섬마을로
햇빛 모은 염전 밟는 낯선 오리걸음
빗물 가둔 물덤벙 살얼음 밀고 다니는
청둥오리 군무가 요란한데
멀뚱거리며 배부른 수컷이
무리에서 빠져나와 날지 않는다

물속 제 몸 뒤집으며 사냥술을 잃어버린
비만오리 쫓는 신나는 이방인들
움켜쥔 장대 후려치며 즐거운 사냥에
오리에게는 생사의 갈림길
나는 속도보다 발이 더 빨라
쉽게 손에 잡히지 않지만
비료 포대 속으로 처박혀 꼼짝없이
포획되어 버린 절망이다

청둥오리가 없어졌다고
본 일 없냐고 누군가 찾아 나서지만
죽통에 길들여져 날 일이 없는 저 비만오리
잘 생겨 눈부신 얼굴 자랑하더니
살아서도 죽어서도 그토록 날고 싶었던
날개를 누워서 펼치고 있다

금막대기에 빠지다

어깨 기울어져 리무진 감춘 한강 변
방탄조끼에 호신용 총으로 중무장한
선글라스 속 구권 뭉치 한 다발이
낮은 포복으로 방공호를 뒤집혀버린다
외인 용병이 걸어놓은 40피트 컨테이너
구권 돈뭉치에 씻기지 않는 절단기는
거짓말쟁이 천적 없는 사기꾼이다

스크래치 난 사진으로 본 적 있는 금막대기
100g도 귀한데 말이라고 1kg은 너무 가볍지
지하벙커에 쌓여있는 2십만ton
금지금(AU)위한 서류 거미줄에 낚이고
명의 다른 통장에 말문이 막혀
위조수표 찍은 국제배낭 속에서
부도난 국채 0이란 숫자 노랗게 빛난다

빛깔 좋은 프로젝트 줄을 서서
제 몫에 눈이 먼 사람들
얇아진 팔랑귀는 도청되지 않는다
내일은 다시 내일의 내일이 돌아오고
거저 주고받는 것도
값을 치르지 않은 말이라면
기다리고 기다리다 다시 기다리는
순금은 아직도 거짓이다

치맛바람

가뭄에 고개 떨군 고추포기
날이 갈수록 땅 그늘 속 기어들어간다

잡초 무성한 텃밭은 마르지 않아
밭둑에 멀칭비닐 뿌리 밑이 어두워져
한 움큼 선풍기 바람 다져 넣으니
물 조리개에 열린 이슬이 촉촉하다

시들고 축 처진 고추 모종에
누군가 치맛바람이 특효약이라는데
치마 입고 바람은 어디서 가져오나

잠 들깬 밭고랑
아침 안개 부어오른 새벽녘
고추밭 어슬렁거리는 젊은 아낙은
달려도 보고 걸어도 보고
봄바람에 치맛자락 휘날리는데
풀 죽어 쓰러진 풋고추 치맛자락 훔쳐보네

산불 성묘

정월 초하루 성묘 길에서
더벅머리와 흰 들풀 부딪치는 재배
허공에다 뿌리내린 백로 한 쌍
좌판대 술잔에 날개를 편다
오징어 다리 사이를 밀고 나와
하얀 옷 입은 조상님 환생인가

시린 손 녹이려 삭정이 꺾어
불 피우다 먼저 불씨 날아
풀숲에 나풀거리는데
황급히 구부려 피하는 오징어 몸통

빨간 외투자락 땅을 치는 다급한 순간
소나무 불씨가 일으키는 불의 불장난
보이는 대로 휘어잡고도 보이지 않는 불씨가
손전화기로 옮겨 붙어 연결되는 통화음
도착한 소방대가 뿜어대는 물 분무기로
호스에 깨진 잔불이 향을 올린다

변검

보이지 않아도 다 할 수 있을까
움트지 않아 보이지 않는 것들
마른 풀 덮은 봄볕 마중오길 기다린다

새싹 무더기 흙의 뒷문을 열고
굳이 죽은 자를 위한다는 것이
새똥 새긴 낡은 문패가 고작인데

지친 막걸리 한잔 속
서 있는 이가 누운 이에게 건넨다
죽은 이의 삶이 그러하듯
무너져버린 세월 너머 지금
이 땅을 지키는 건 산자의 몫이라고
울음으로 무엇을 답할 수 있을까

아시랑이 끄집어 올리는 유혹에
가만히 눈 뜨는 새싹들
보이지 않고 내미는 봄빛이 한가롭다

The King of Masters

Anything can possible without vision?
Invisible creatures under sprouting
Wait for the coming of sunshine in the spring over the dry grass

Opening the back door of sprouting buds of soil
I only got the weary nameplate carved with birds' droppings
For the deceased

With a cup of makgeolli in exhaustion
The standing hand it to the lying
Like the life of the dead
At this moment over the years of collapse
What can be answered with weeping
That says it is the living's share that keeps this territory

The attractive waves from the sprouts
Open the eyes of new shoots
And invisible sunshine spreads the cosiness

먼 훗날의 초상

빛바래고 귀퉁이 낡은 사진
무표정한 두 얼굴이 나를 바라본다
말 위에 한 사람을 태우고
말고삐 잡은 색 바랜 모습이
함께 하자고 맞잡은 약속이
무심한 세월에 변색 되었나

망각된 기억 속에서
표정 멈춰버린 내 모습
돌아오지 못한 그 날 이후
입가에 흘러내리던 웃음 지워지지 않아
대신해줄게 별로 없던 아픈 기억은
담겨있는 물밥 한 그릇도 건네지 못했네
액자 속으로 들어가 오늘은
먼 훗날의 나를 본다

아픈 아프리카(53×45.5㎝ 캔버스, 혼합재료, 2018, 하태균)

#7 시 해설
A Commentary on Poems

방황하는 변곡점의 근원적 자아 찾기
Finding the Identity of Wandering Inflection Points
— 하영상(HA, YOUNG SANG)

방황하는 변곡점의 근원적 자아 찾기

하영상

사물의 참모습을 보기 위해 우리는 대상에 가까이 근접 관찰하는 세밀함보다 가끔 멀찌감치서 살펴보는 고민이 필요할 때가 있다. 학문의 탐구가 늘 그러하듯 시적 감식에 있어서도 있는 사실에 대하여 관찰하고 직시한 내용이라면 굳이 불가능한 패러다임을 선택한다는 것 자체가 불필요한 것이다. 문학이 삶의 레시피로 재창조된 것이라는 아리스토텔레스의 모방론이거나 반대로 즐거운 서정이나 지적 쾌락의 효용론이라는 체계를 통해 낯선 문학적 창작이 완성되었다고 하는 것이 이러한 맥락이다.

현대시의 가장 이상적인 매력은 자유 그 자체다. 시인이 어떤 세계관을 가지고 상상을 펼치더라도 어떠한 간섭이나 구속에 따르지 않는 것이다. 그러므로 시인은 자신이 연출하는 미지의 시 세계에서 자유롭다.

하태균 시인은 시사문단을 통해 인생의 새로운 여정을 시작했다. 우리는 작가가 어디로 등단했는가 내지는 얼마나 많은 작품을 내놓았는가보다는 등단 후의 작품에 주목해야 할 것이고 최소 몇 권의 시집을 상재해서 문장의 궤적을 갖춰 나가겠지만, 첫 출간하는 하태균 시인의 「늘씬한 비만로봇」을 대하면 단순히 보여주기 식의 시 쓰기가 아니라는 걸 단박 알아볼 수 있을 것이다. 왜냐하면 그것은 우리가 한번쯤 지나치거나 겪었을 주변의 일상적인 이야기를 시적 성찰과 고민을 거쳐 풀어내는 여행의 편린들이기 때문이다.

릴케는 "시인은 보는 법이 먼저 선행되어야 한다"고 하였다. 달리 말

하자면 낯선 곳을 더 많이 다니고 더 많이 보면서 낯선 곳에서 낯선 느낌을 찾아 들어가는 모험 뒤쪽으로 자신의 내면을 발견하는 존재인 것이다.

하태균의 시 전편에서 보이는 시적 원리는 그러므로 아름답다거나 향기로운 사랑에 관한 동경이 아니라 고향과 유년의 그리움을 기억하는 것에서 시작된 시적 탐색으로의 서정적 여정이라고 볼 수 있을 것이다. 그러나 시적 상상력은 서정의 베일을 걷어내고 자유롭게 비약하는 것이고, 그 속에 훼손된 현대적 문명의 이기 그리고 환경의 파괴를 비롯한 정신적 오염과 혼란을 변용한 메타포와 아이러니로 서정의 본질을 가공해 시의 구성물로 파악하여 지적 변용을 일으키는 것이 하태균의 시 세계로 들어가는 키워드가 될 것이다. 그리하여 우리는 삶의 애환과 참회를 묵상적 언어로 회개하며 자연의 원형질을 인격화하는 고단한 미술작업을 변용하여 어떠한 시의 영역을 확보하게 되는지 먼저 살펴보아야 할 것이다.

고리타분한 생각을 두들겨
한 처음 생각을 웹서핑하면
머리 큰 로봇은 깡통으로 만들었다

텅 빈 생각을 생각하는 동안에도
갸우뚱 앞으로만 걷고
전류를 먹어 아무리 포식해도
늘씬한 몸뚱이 뒤로 걷지 않는다

눈동자 없어도 잘 보이는 내비게이션
만국어에 막힘이 없다지만
입맛 없어도 황금 레시피에 길 들여져

옷은 벗으나 입으나 단벌이다

앉거나 걷는 움직임에 득음은
개가 되었다가 고양이도 되고
털 없어도 추운 줄 몰라
누드로만 살겠다고 고집을 피운다

어리광에 누드는 혼자가 좋아
다시 숲으로 돌아가자고
자연인이 되겠다고 하지만
도심에 버려진 비만한 깡통로봇
맛에 길들여져 걸음걸이 뒤뚱거린다

-「늘씬한 비만로봇」 전문

    표제작이기도 한 이 시는 자연이라는 원본에 생채기가 생기지 않도록 아주 조심스럽게 사물에 접근하여 인간과 미래 인간의 정신적 손상을 치밀한 이야기로 그림 그리듯 쓴 것이다. 인간의 탄생은 결국 자연의 일부분이다. 그러므로 자연도 인간과 동일 인자인 것처럼 자각한 것으로 이성적 자아를 갖게 되면서 화자는 자연과 인간이 대립과 분리라는 대결구조를 갖게 되었다고 설득하고 있다.

    이 시에서 이미 시인이 인식하는 그림의 구도가 비교적 잘 드러났다고 볼 수 있다. 시적 화자는 누드가 되어 늘씬 하기를 바라는 로봇이 인간의 욕망으로 참모습을 잃어가는 자아의 상실을 "전류를 아무리 포식해도 뒤로 걷지 않는다"라고 하고 있다. 로봇의 탄생은 울음으로 시작되지 않는다. 자궁에서 떨어져 나가는 분리의 경험이 없으므로 존재의 무의식이 없는 그냥 고철 덩어리로서의 개체인 것이다.

채우고 다시 채우더라도 욕망은 만족을 모르는 구멍 난 결핍의 다른 이름이 아니고 무엇인가 "다시 숲으로 돌아가자고/자연인이 되겠다고 하지만/도심에 버려진 비만한 깡통로봇"은 전체적으로 대상에 대한 메타포에서 주체로 전개되면서 주관적 강도를 높여나가는 시상 전개를 보이며 머리 큰 로봇은 깡통으로 만든 것이라는 역설로 서정의 지적 변화를 유도하고 있다. 누드라는 서정의 잃어버린 과거에 대한 상상을 통해 배타적 자기 규정성을 견지하려는 충동의 결과물인 로봇의 설정은 현대인의 삶이 갖는 시간을 상상적으로 탈환하려 하고 있다. 그것은 시어의 대리구축을 통해 문명의 파괴와 내면의 유추적 결속을 추구하는 다음 시편에서도 잘 나타나 있다.

육지에서 쫓겨난 조각보
파도에 부서지고 찢어졌지만
먼 바다 유랑길에 버려진 것들이
서로 만나 불어나는 서러움이다

걸작품이라는 원조 광고포장지
미녀의 눈망울은 눈물에 잠겨
웃고 있지만 조각난 쓴웃음
바다 하치장에 맴돌다
발 디딜 곳 없는 보트피플
끝없는 항해는 종착지가 없다

지하통로 빠져나온 노숙자는
돛대에 걸려 녹조 끼었고
짬밥통 찌꺼기 거품도 녹슨다

푸른 바다에 항해의 죗값을 치르는 물결
앙금도 갈등도 뒤엉켜 구르며
영문 없이 죽은 범고래의 살로 만든 섬
처리 되지 않는 쓰레기로 만든 섬
몸살 난 알바트로스가 아프고
몸져 누운 해변이 저리고 아리다

-「떠도는 섬」 전문

  시인들이 갈망하는 생각과는 달리 모든 시는 현시점의 문학적 패러다
임 안에서 권장되고 읽혀지는 것이다. "육지에서 쫓겨난 조각보" 이 시
의 조각보는 무엇일까,
  바로 우리가 버린 사랑의 폐기물 아니면 버려지는 삶의 찌꺼기들이
가진 다양한 색의 파노라마 속에 침몰한 세월호의 파편은 아닐는지, 아
니면 가만두어야 할 새만금 둑은 아니었는지, 다음 문장을 보면 바다의
유랑에서 쌓이고 쌓이는 화자의 설움이 바로 이러한 시련을 슬픔의 과
적으로 풀어내고 있음을 알 수 있다. "걸작품이라는 원조 광고포장지"
로 시작되는 2연에서 이제 구체적 상황을 미녀와 보트피플이라는 상반
된 이미지를 통해 보여주며 구조와 희망을 기다리지만 결국 파도에 떠
밀리는 거대한 슬픔이 종식되지 않아 불안정한 참사를 받아들이는 아픔
이 된 것이라고 토로하고 있다. 이어지는 3연에서 "지하통로 빠져나온
노숙자는/돛대에 걸려 녹조 끼었고/짬밥통 찌꺼기에 거품이 녹슨다" 불
쑥 튀어나온 노숙자의 긴장된 표정으로 읽는 바다의 종기를 화자는 녹
조가 끼었다는 것으로 은유하며 고달프고 외로운 삶의 현장이 된 섬으
로 요약하고 있다. 화자는 바다 위에서 어떤 것보다 정직한 시선을 갖고
있다.
  섬과 바다가 더 이상 낭만의 공간이 아니라 생존과 함께 자신에 대한

나르시시즘까지도 바다에 있다고 보는 것이다. 그러므로 마지막 연에서 "영문 없이 죽은 범고래의 살로 만든 섬/처리되지 않는 쓰레기로 만든 섬"이라는 문장을 통해 허구가 진실이 되고 진실 또한 거짓이 되는 고독한 인공섬의 전말을 폭로하고 있는 것이다.

그러한 부조리한 인간 존재에 대하여 보다 근원적 자아 찾기를 함으로서 자연과 인간의 공존이라는 본질로 나아가려는 시인의 절실함이 돋보이는 것은 무엇 때문인가, 시인이 「시작 메모」에서 밝혔듯이 "물꼬를 낮추어도 높여도 안 되는/글을 가꾸는 논둑 위의 말다툼/먼저 물길을 잡아야 하지 않을까/속으로 스며들면 지하수가 되고/더 깊이 내려가면 온천수가 되듯"이라는 말 속에 답이 있다고 생각된다.

물꼬에서 나왔지만 인위적으로 감당할 수 없는 자연의 이치에 맞춰 나가는 것이 물의 최선이라고 한다면 시의 골격을 이루고 있는 시혼은 세상 밖으로 흐르는 물꼬보다 작가 자신의 내면에 흐르는 물꼬를 들여다보며 성찰하는 시간이었을 것이고 말라붙은 내면의 바닥이 시작이자 종말이지 않았을까, "낮은 곳으로 흘러야 한다는/나 자신에 대한 두려움은 무엇인가"라고 일컫는 낮은 곳은 작은 것의 진정성과 맞닿아 한 세상 낮은 곳의 약한 존재로서 하강의 자세를 갖추어가는 자신의 삶에 대한 철학을 강조하고 있다.

양켈레비치는 새가 날개를 가졌기 때문에 날려고 하고 황소는 뿔을 가졌기 때문에 들이받기를 원했다고 했지만, 물꼬가 있어서 낮아진 것이 아니라 낮추어 살고자 하는 의지가 스스로 물꼬가 된 것으로 하태균은 자유에 대한 적극적 의지와 함께 시인의 절대 고독처럼 느껴지는 마음의 공간을 열고 오늘날의 생태의식과 긴밀한 서정적 상통을 하고 있는 것이다.

그러므로 물꼬는 하태균이 험난하고 고통스런 정신적 번뇌와 고통 속에서 노자의 근원적 이법(理法)을 담아 낮은 곳으로 임하는 물과 같은 도가적 시작의 시도라고 할 수 있다.

서로 닿지 않는 근육질의 손짓 마구 흔들며/갈대 샛잎 오르는 말똥게 냄새를 풍겨도/시위대 앞줄에서 진두지휘하는 너구리/최루탄을 몸으로 막고 있는 뻘밭이다

-「소란스런 뻘밭」 부분

우리는 폐쇄적인 분단의 땅에서 이데올로기의 끝없는 쟁투와 함께 살아왔으므로 처음부터 시위나 최루탄에 익숙해 있다. 우리의 내면을 분단의 콤플렉스에 구속해 버려서 시위에 대한 제대로의 의미를 맛보지 못했다. 시를 구성하고 있는 요소들이 단순치 않은 하태균 시의 특성상 그냥 펄콩게 한 마리가 뻘밭에서 엄지발을 치켜들고 거품을 문 시위가 아니라 이미 파괴되고 오염 덩어리로 몰락한 빛바랜 세상을 향한 경고에 대하여 뻘밭에서 일어나는 사소한 사건을 소환하여 시적 장치로 치환하고 더 이상의 폐해를 입지 않도록 최루탄을 온몸으로 사수하고 있다고 볼 수 있을 것이다.

여기에는 시인이 당대의 현실에 깊이 관여하려는 의지가 들어 있기도 하고 의미망에 크게 중심을 두지 않으면서 이미지를 통한 적극적 설득력이라는 절박함이 스며있는 것으로도 보인다. 이러한 절박함이 문학적 시간을 진화시켜 민중적 모더니티를 찾고자하는 불편한 목소리로 모색해내고 있는 것이다.

얽히고설킨 세상살이 던져버리고
등산배낭 달랑 매니
푸른 소나무에 달라붙은 담쟁이
외길 클라이밍 발바닥부터 기어오른다

삼발이 여린 힘줄 움켜잡고
왕소금쟁이 팔방으로 근육이 늘어나
메마른 장딴지를 파고드는 고난도 기술
눈대중으로 잘못 디디면
거북등에 영락없는 추락이다

철없이 내뿜는 갈기는
핏줄 따라 줄사다리 오르는 좁은 길
빛바랜 꿈 무서리도 단풍 드는가
다문 입술 거친 숨 몰아쉬며
허리가 휘어지도록 수직 벽 기어오르는
등 푸른 인내다

피가 거꾸로 흐르는
담쟁이가 넘겨다보는 세상 너머
힘줄에 굳은 살 박힌
삶의 흔적이 무성하다

-「하지정맥」전문

　담쟁이 넝쿨의 이미지와 생명력이 지니는 가치를 의미 있게 부각하면
서 시인이 시에 대한 인식과 얼마나 잘 합치하고 있는지를 보여주는 절
창 한 묶음이다. 푸른 소나무를 타고 오르는 담쟁이의 객관화된 실체를
통해 하태균은 시의 전면에서 느껴지는 서정적 자아 이전에 어떤 풍경
에 대한 묘사에 더 관심을 둔 듯이 느껴진다.
　"메마른 장딴지를 파고드는 고난도 기술"을 가진 내 바깥 물상들의
생애가 겪는 담쟁이 넝쿨과 힘줄이 어쩌면 그 풍경들이 별 볼일 없이

처연하고 한심한 것이지만 이 풍경들을 통해 화자가 궁극적으로 보여주려 한 것은 과연 무엇일까. 그것은 힘줄의 존재 이유에 대한 문제이기도 하다.

노동의 흔적으로 얻은 힘줄을 끝까지 복기하는 건 자신의 삶이 무력해서 일까 "아니다"라고 외치고 싶은 것이었을까. 힘줄에 인생의 농밀함을 감추어 밀도를 뻗쳐 나간다면 "다문 입술 거친 숨 몰아쉬며/허리가 휘어지도록 수직 벽 기어오르는/등 푸른 인내다"라고 아무짝에도 쓸모없이 힘겹고 무가치한 강박의 삶을 투사하고 있는 것 아닌가. 그러한 의구심과 동시에 이 시의 제목이 「하지정맥」이라는 것에 주목해야 될 것이다.

장딴지에 생기는 하지정맥은 우주의 하부에서 일어나는 반란 같은 것이고 그것이 통증이 있는 자리이고 그러므로 하찮고 한심한 신체의 한 부분에 대한 것인데 화자는 왜 하찮은 것에 그렇게 집요하게 매달리는가. 화자는 자신이 한심한 삶을 살아온 못난 사람이어서 스스로 빈곤한 영혼이라고 생각하는 자괴감의 딜레마에 빠져있는 것이다. "피가 거꾸로 흐르는/담쟁이가 넘겨다보는 세상 너머/힘줄에 굳은 살 박힌/삶의 흔적이 무성하다"에서 시인은 넝쿨이 자라는 길이 거꾸로 가든 바로 가든 길이라는 길을 다 열어놓고 길 너머에 길을 바라보는 체험을 보여주는 시의 힘을 보여주고 있다. 그러한 시의 힘과 존재가치에 따라 시를 형상화하는 능력이 그저 놀랍다. 넝쿨과 힘줄, 클라이밍 암벽 등반이라는 비유적 상상력과 체험이 역동적으로 결합하는 시적 흐름은 눈여겨볼 대목이다. 그리하여 넝쿨이 끝없이 자라나 우주의 힘줄이 되고 생명이 되는 것이다.

시인은 넝쿨이 갖는 의미를 독특한 시어로 부각하면서 이 넝쿨을 가로막는 폭력이나 문명의 이기에 관한 비인간적 행위에 대하여 인용하지는 않는다. 그러나 시를 읽는 독자들은 몸을 숙이고 낮은 곳으로 임하는 넝쿨의 표현 속의 무수한 사회적 불균형에 따른 부정적 상황들에 대하여 예민하게 모색할 수 있으며 시인이 얼마나 그것에 분개하는지를 감

지할 수 있는 것이다.

움츠린 가지에
그리움 하나 매달렸다
찬바람에 야윈 초승달
오막살이 단칸방엔
텅 빈 헌 바가지

빈손으로 돌아와
핏대 선 날갯짓
철 이른 소슬바람에도 놀라던
아등바등 여름날의 곡예

구름 너머로 흘러
지우다 만 흔적
된서리 내린 거미줄 위로 올라간
환한 발자국 밟는 어둠 속에서
동박새 한 마리 날아든다

-「빈집」 전문

토목공학을 전공하고 설계업, 건설업 등에 종사했지만 인생의 중반에
미술대학에 뛰어들어 예술을 귀띔으로 보다가 작년에 세상 보는 눈을
하나 더 확보한 하태균 시의 맛은 바로 수용과 관용에 있고 그것은 시
「빈집」에서 확연하게 드러난다.
  "오막살이 단칸방에/텅 빈 헌 바가지,/빈손으로 돌아와/핏대 선 날갯

짓, 발자국 밟는 어둠 속에서/동박새 한 마리 날아든다" 가난과 빈손의 적막은 거기에 연연하지도 흔들리지도 않아 외부의 조건에 구애받지 않고 거미줄을 밟는 여름밤의 곡예 같은 외부로부터의 유혹에 편승하지 않겠다는 의연함이다.

날갯짓하지 않고 무위적으로 살겠다는 의미인 것이다. 무위의 미학은 슬픔과 공허라는 빈집에 대한 애환을 초월하는 비움의 상상력에서 배태하였고 이미 잊힌 공간에 대한 연민은 "옛집"이나 "폐가"가 가장 가까운 가족 공동체가 머물며 함께 꿈을 가꿔가는 공간이었다는 의미인 것이다. 시인은 대상을 만져보고 안아보고 싶은 충동보다는 일정한 간격을 유지하며 냉정하게 소멸하는 것에 대한 그리움을 집요하게 기억해 보려하고 있다. 한가로움 속에서 화자가 느끼는 행복감이라는 것은 현대 문명이 가져다 준 편리성의 공감에 따른 쾌락이 아니다 이 시에서 기계문명의 소음이 사라진 이상적 체험은 비움으로 무한한 충만감을 담아내는 생명의 비약이다.

"환한 발자국 밟는 어둠속에서/동박새 한 마리 날아든다"로 마무리되는 시의 알맹이는 동박새에 있다. 나는 것은 생명을 싣고 하늘로 오르는 힘이며 나는 것은 또한 수직적 이미지면서 상승과 하강이라는 동력을 바탕으로 우주 생성의 시간과 일치하는 것이다.

마른하늘로 뚫은 길 비상구가 없어
침방울 거북등에 붙은 타월
추위도 더위도 스스로 건너뛰며
시도 때고 없이 이동하는 베이스캠프
가시 돋친 포식자는 마스크 하지 않아요

약이 독 된 것이냐
속 빈 강정에 자라는 가지를 잘라도

136

거대한 숲조차 단숨에 무너뜨리는
바이러스는 천막 농성을 하고 있어요

우듬지에 상처 입은 마스크 벗겨
푸른 하늘 들숨을 틔워 격리 시켜도
자꾸만 자라나 더 많아지는 가족들
앙상한 혼돈 속에서 새순 키우는
겨우살이 긴 장맛비에 떠도는 포자
당신의 콧속으로 들어가려 하고 있어요

-「겨우살이」 전문

    하태균의 「겨우살이」 시 사유는 나뭇가지 틈새로 바람이 지나가는 것처럼 가볍다 대충 얼버무려 놓은 문장의 석축처럼 만만해 보인다. 그러나 이런 수월함이나 간결함은 그저 얻은 것이 아니다. 나뭇가지 위에서 자라지만 위로 자라지 않고 아래로 커 가는 겨우살이의 특성상 나뭇가지가 만든 틈새를 비집고 들어가 형질이 다른 가지치기를 함으로써 겨우살이는 정확한 도면에서 얻은 가지의 구조적 간격을 설정한 것이 아니고 시인은 허술하기 짝이 없는 공간을 배치하여 생태적 성취를 찾아가려고 하는 것이다.
    "마른하늘로 뚫은 길 비상구가 없어/추위도 더위도 스스로 건너뛰며"에서 시는 허공에 설치할 구조물보다 틈새를 먼저 구축하는 모양새다. 모든 바이러스의 통로는 틈이다. 겨우살이의 알레고리 역할로서 바이러스가 아니고 지구 중력에 따른 규칙적이면서 반복적인 기후 변화의 근원으로 돌아가 식물이 자라 잎맥이 척추를 갖춰가는 것은 결국 이미지로서 마음속의 풍경 정도로 착각하지만 화자는 "속 빈 강정에 자라는 가지를 잘라도/거대한 숲조차 단숨에 무너뜨리는/바이러스 천막농성을 하고 있어요"는 사려 깊은 통찰을 함으로서 자연에 순응하는 빛과 어둠의 경계를 허물고 있는 것이다.

한 그루의 나무는 우주적이다. 뿌리는 대지에 착근하고 나뭇가지는 태양의 빛과 하늘 그리고 바람을 끌어 들인다. 그 수직으로 자라는 힘은 상승과 하강의 역동성에 의해 우주적인 시간의 생성에 관련되었으므로 화자는 거대한 숲조차도 무너뜨려 그것이 바이러스가 창궐하는 농성을 하고 있다고 보는 것이다.

시인의 꿈은 나무에 대한 사랑을 간곡히 연주하면서 나무와 한 몸이 되기를 갈구한다. 온 세상에 수액이 흐르고 하늘로 상승하는 시인의 마음이 물리적 상상력의 도정을 따르고 있는 것이다. 나무의 수직성에 시인은 겨우살이라는 자궁속의 둥글고 아늑한 모성적 느낌을 가진 개체를 설정하여 원형의 편안함을 추구하기 보다는, 나무에 쿠데타처럼 일어난 겨우살이의 특징인 뻗침의 이미지를 교차하여 코로나 바이러스라는 불안한 시대의 내면적 갈등을 현대인의 심각한 정신적 위기를 폭로하고자 하는 것이다.

오차 없이 살 거라 착각일랑 말자
센티미터로 조종되지 않는 세상이다

비뚤어진 측량의 시작점은
서로 조종되지 않는 욕망으로
한 점 개방 트래버스 닫혀버린
오차범위 내에서 방황하는 변곡점이다
거리와 방위각에 붙은 정확도라는 것쯤은
세상 궤적을 다 본다는 측량이겠지만

마른 빌딩 모퉁이를 돌아

깊이 모르는 도심에서
거리와 방위각만 찾는 GPS측량은
꼭짓점에서 항상 어긋나 있지

거꾸로 도는 시계방향 각도에
삼각대를 맞추고 오차는 등호로 연결되어
생긴 오차 한 점에서도 답을 얻지 못했지

돌고 도는 우주의 한 축은
누구 하나 조종하는 이 없어
다각측량 되지 않는 지구의 중심
오차 범위 내에서 기준점은
사라지고 없는 트래버스 측량이다

-「트래버스 측량」 전문

　단정하기 힘들 만큼 빠르게 변모해 가는 우리의 일상은 어쩌면 판독 어려운 차가운 추상화 한편을 마주하는 것과 같다. 하태균의 시 「트래버스 측량」은 근래 우리 시의 흐름에서 증대하는 초현실적 이미지와 무관하지 않다고 볼 수 있다.

　추상이 실재성에 대한 의심에서 비롯된 것이라면 이 시에서의 측량은 조형적 원리에 따라 질서를 찾아가는 절제되고 차가운 추상은 아닌 것이다. 그러므로 하 시인의 시는 그림에 비유컨대 정교한 추상화에 근접해 있다고 볼 수 있다.

　"오차 없이 살 거라 착각일랑 말자/센티미터로 조정되지 않는 세상이다" 키에르 케고르는 유미주의자를 칭하면서 낭만적인 허무주의자들은 관념적 낭만주의자와 다르게 자유를 최고의 이상향으로 설정했다. 자유롭다는 것은 결국 역사적 전통이나 현재의 모든 관습들이 우리에게 전해 준 위치로부터 일탈을 의미하는 것이다. 평범보다는 다르게 행동하겠다는 것이다. 다르게 산다는 것이야말로 정말 흥미진진하지 않은가 이런 흥미로운 사건은 미술에서 먼저 일어나고 있다.

H, 아르프가 미술 작업에 우연성을 개입시킴으로서 임의성을 미학적 원리로 설명한 것이 바로 그것이다. 그러므로 유미주의 보다 세계를 더 철저하게 던져버린 그림들이 추상미술이다. 비뚤어진 측량의 시작은 서로 조정되지 않는 욕망이라고 단정지은 화자의 폐쇄적 사고에는 부정의 의미 속에 긍정적 가능성을 부여함으로서 추상의 가장 중요한 과정을 직설로 거침없이 표현하고 있는 것이다. 부정적 의미로서의 추상을 결정하는 가장 근본적 요소는 부정의 정신이다.

"거리와 방위각만 찾는 GPS 측량은/꼭짓점에서 항상 어긋나 있지"라는 부정적 정신의 붕괴는 현대 미술에서 형태의 파괴가 본질적으로 부정적 경향을 갖는 것과 다르지 않다고 보는 것이다. 따라서 방황하는 변곡점에서 화자가 찾으려는 자아는 돌고 도는 우주의 축을 움직이며 우리 의지나 정신과 무관하다는 미학에서의 해체를 측량이라는 기기를 통해 비인간화에 대한 경고의 메시지로 전달하고 있다 할 것이다.

띄엄띄엄 파도 갈피에 새겨 넣은
휘파람 내뿜으며 거품으로 만든
혹등고래 날갯짓 백야에 빛난다

끝없이 펼쳐가는 헤엄질로
옆보지 않는 둥근 화살표
뒷걸음질에 망가진 지구를 보면서
화살표 끝을 숫돌에 갈고 있다

-「화살표는 뒤가 없다」 부분

해체주의는 불편하다. S, 말라르메가 시는 말 없는 백지여야 한다고 했을 때 그 침묵이야말로 은둔적 예술인 것이다. 파도의 갈피에 숨겨놓은 수많은 말과 잡음을 오로지 거품으로 뱉어내며 달아나는 화살표를 흑등고래라고 했을 때 고래의 온몸이 화살촉이 된 것이고 대양의 숫돌에 몸을 비비며 촉을 갈아 화살이 날아가는 방향은 알래스카이지만 지구를 돌아 화자의 등으로 되돌아오는 부조리한 형이상학의 해체야말로 자유가 아닌가 자유로워짐으로 이 시의 화자는 부조리를 극복할 수 있다고 보는 것이다. 그러므로 우리가 살고 있는 세계를 기억나게 하는 모든 재현적인 상황이 과녁이 된 것이고 화살이 무엇인가를 향하고 있다는 것으로 화살이 지향하는 목표물에 다가가기 위하여 일상의 관심을 초월하는 마음의 평정이 중요하다는 것이 우리의 인식인 것이다.

화살이 소통의 도구라면 뒷걸음질에 다친 지구는 화살이 날아가는 속도와 시간을 공간으로 변형시킴으로써 시간의 흐름 자체를 멈추려는 욕망에 근거한 것이라고 볼 수 있을 것이다. 바깥을 향해 뻗쳐가는 원심력으로 하여 생명체가 살아 숨 쉬며 살아있음을 확인하는 근원적 동력이 된 것이다. 그런 만큼 화살표는 현상적 생성계로부터 벗어나고자 하는 노력 속에서 초월적 존재를 추구하는 시라고 볼 수 있는 것이다.

마지막으로 하태균의 또 다른 시 한 편을 읽어 보자.

낮추고 나면 낮음은 없는 것이다
높이만 키우는 것이라면 높이도 없는 것
너무 낮아서 높은 것은 차라리 두꺼운 것이다

가족에게 이웃에게 얼굴 두꺼운
서로가 서로에게 높낮이가 없다면
낮음과 높음의 경계도 허술해져

높을수록 낮아지고
낮아진 것은 높아져
강물보다 낮은 폭설은 지루하다

오묘한 인간의 똑바른 물줄기는
허물을 벗고 녹아내린다
서로 주고받는 진솔한 마중물은
마침내 높고 낮음이 없는 것
나는 너에게 두꺼운 높이가 되고 싶다

-「첫눈」 전문

내리는 눈은 자신을 낮추는 것이다. 스스로 무너져 낮추고 나면 눈의 너머에 보이는 사물은 높이만 키우고 있고 눈 밖에 선 너를 보면 나는 더욱 낮아져 눈을 뚫어지게 바라보는 눈이 된다. 그러므로 차라리 두껍게 보이는 관찰을 향한 응시인 것이다.

애초에 세상 바깥에 있는 눈을 바라보는 눈은 객관적 시선으로 독립된 이 개별자의 근원으로 가족이고 이웃이다 낮음과 높음의 경계가 허술해 진다는 것은 바로 그 지점에서 허물을 벗고 녹아내리는 눈이 되겠다는 것이다. 화자는 주체와 대상을 관통하는 주관적 사유가 바로 높고 낮음이 없는 진솔한 마중물에 있다고 보는 것으로 앞의 시 「트래버스 측량」의 "센티미터로 조종되지도 않고 오차 범위 내에서 방황하는 변곡점"이라고 했던 부분과 관측에 대한 전방위적 일치를 보이고 있다. 눈이 내리는 풍경을 연주하는 것 자체를 내 주변의 가족과 이웃을 통해 재구성하며 첫눈이라는 깔끔하면서도 순결한 자유를 찾아 낮게 오르는 하태균 모더니즘 시의 전형을 보여주고 있는 것이다.

우리는 시집 『늘씬한 비만로봇』이 다분히 로봇을 통해 문명을 관측하며 경탄과 감동의 시적 감응을 옮긴 작품이 아니라 인간이 만물과 더불어 생존하는 것이고 바람과 구름과 흙 또한 인간과 무관한 대상이 아니라 만물의 원형 속에 나무의 동화작용이 구름을 만들고 구름 또한 물을 잉태하는 것처럼 대자연의 상호 공동운명체라는 시인의 체계적 사유에 의한 것임을 설파할 수 있었을 것이다.

불확실성으로 진화하는 문명에 대한 일종의 경고로서 기계문명의 내부 원천 속으로 들어가 인간과 다른 생물이 공생할 수 있는 지구적 환경을 하 시인은 때로 웃음의 시학으로 혹은 한 치 오차 없는 냉철함으로 시 쓰기하고 있음을 알 수 있다.

고대여신 가이아는 물리적으로 화학적으로 지구 환경을 조절하는 능력을 가졌지만 여전히 작금의 생물학적 지구는 원형의 탄력을 잃었다. 원형적 생물권에 대한 복원이야 말로 생명을 보듬으며 험난한 세상을 지탱하게 해주어야 하는 시인의 몫이 아닌가, 이렇듯 하태균의 시에 등장하는 대상이나 사물은 늙고 노쇠한 지구로부터 인간이 스스로 자초한 파괴에 의한 무질서와 미래에 대한 불확실성을 끌어내어 거리 두기에 지친 영혼들을 위로하며 나무숲이 무성하게 생살 돋게 하여 시의 그늘로 데려가고자 하는 것이다.

Finding the Identity of Wandering Inflection Points

HA, YOUNG SANG

Sometimes it is needed to consider looking around the subject from a step back rather than closely observing it with details. Like academic researches, poetic tastes don't need to apply an impossible paradigm to poems as long as the poem is written under the reality which is observed and directly faced. It explains the context of Aristotle's mimesis theory; literature is made of recipes from a life or of the utility of literature; unfamiliar literary creations are from pleasant lyricism or intellectual pleasures.

What is most attractive in modern poems is freedom itself. Poets don't follow any of interference or restraints on their imagination however distinctive their view of the world is. So poets are free from the unknown poetic world that they construct.

Taekyun, Ha started his new journey in his life with Sisa-mundan as a poet. It is desirable to focus on a poet's poems after his debut rather than his debut journal's popularity. It is clear that he would secure his poetic territory with his books of poetry to be published. I'm already sure that readers can notice that he's not the one who only writes to show off, upon reading his first poetic book, A Gorgeous Robot out of Obesity. Because he describes traveling glimpses of our daily lives that we've just passed by or experienced through his poetic reflection and contemplation.

Rainer Maria Rilke said that poets should put the way of seeing in the first place. It can be interpreted like this; poets are the beings of discovering their inner world that puts themselves beyond the adventures to search for inspirational adventures in unfamiliar places, visiting strange places more and watching unaccustomed things more.

Therefore it is reasonable to consider Taekyun, Ha's art of verse making as the poetic exploration for his hometown and recall for saudade on his childhood, not a lyrical journey to poetic exploration from the longing for beautiful or fragrant love. But poetic imagination means raising a lyrical veil and extremely exaggerating without intervention. Taekyun, Ha's keywords for entering the world of his poetry is to process the essence of lyricism to compositions of poetry and make them components of the poems then intellectually transform them with metaphor and irony that has transformed the selfishness of damaged modern civilization, environmenta destruction,

mental pollution and confusion,

It is firstly needed for us to look into how he contemplates joy and sorrow and penitence with his meditational linguistic words and how his poetry is secured from transforming arduous artistic works that personalize the origin of the nature.

As I surf my first thought with web
From the stuffy ideas
A robot with a big head is made of tin cans

In vacuum thoughts

It slantwise moves only forward

No matter how much it is full with electric current

Its gorgeous body never walks backwards

Even though a navigation system having good sight without pupils

Is no blockage in all languages

Being used to the golden recipe regardless of its appetite

It has only a suit, wearing or not wearing it

The benefit of sitting or walking

Becomes a dog or a cat

As it doesn't feel cold even it has no hair

It insists on making its life in the nude

A naked body under the childish stubbornness wishing to be alone

Suggests to go back to the forest

And declares that it will be a natural person

A gorgeous tin robot abandoned in a downtown

Is tamed by the taste and waddles

⌜*A Gorgeous Robot out of Obesity*⌟

In this title poem, the author approaches the object very carefully so as not to let scars on the original called the nature and depicts it as if he were drawing a detailed story based on the mental damage over contemporaries and future human beings.

Birth is a part of the nature. As of it, the poetic narrator persuades that the nature and human beings are in the oppositional states of confrontation and separation after it has its rational self-consciousness from the awareness on identity with human beings.

The poet's intentional depiction is satisfactory in this poem. The poetic narrator describes the robot wanting to be gorgeous in the nude, which is depicted as it is losing its real face by human beings' desire in these phrases; No matter how much it is full with electric current/Its gorgeous body never walks backwards. The birth of a robot does not start with crying. Since it hasn't experienced the separation with the womb, it is an individual object of a lump of metal even without the unconsciousness as existential being.

Desire would be another name of the porous lack that doesn't know satisfaction even with endless filling. Its theme is broaden by the metaphor from the object to the subject and it shows the enhancement of subjectivity, which induces intellectual changes in lyricism with the paradox that the big robot is made of tin cans like these; Suggests to go back to the forest/ And declares that it will be a natural person/ A gorgeous tin robot abandoned in a downtown.

A robot as the figure of conflict to maintain exclusive self-regulation is trying to chimerically deprive the time of the contemporaries through the imagination on the loss of the past from lyricism called the nude. It is also fully realized in An Floating Island to seek the harmony of the inner analogous unity and civilizational destruction from the constitutional construction of poetic words.

A patchwork wrapping-cloth expelled from the land

Is broken up and torn by waves

Thrown away things on the travel to the high sea

Meet and add

Original wrapping paper promotes it's a masterpiece

Eyes of a beautiful woman smile with tears

Shattered bitter smiles hover over dumping sites of the sea

Boat people who lost their territory

Have no destination and keep their endless voyage

The homeless out of underground pass

Are stuck in a mast and wear green algae

Foams from residue in free food trays also rust

The wave pays for its sinful journey to the blue sea

An island is made with the mysteriously dead grampus's flesh

Rolling with baggage and conflict

In an Island full of unprocessed garbage

Sick Albatross feels pain

The lying beach is painful and has pins and needles

「*An Floating Island*」

Far from poets' craving, all poems are read and recommended within the contemporary literary paradigm. What is a patchwork wrapping-cloth from this phrase; A scraps of cloth expelled from the land. It would be the waste of love that we've abandoned, the fragments of Sewol ferry having sunk in panorama with various colors from residue of abandoned lives, or Saemangeum bank that should have stayed as itself.

The poet interprets this as the accumulation of sadness through the layered sorrow by the poetic narrator who wanders about sea. The first phrase of the second stanza; Original wrapping paper promotes it's a masterpiece, presents a detailed situation with contrasting images of a beautiful woman and boat people and delivers that the great, unresolved sadness with the desperation from having waited for the rescue and hope but finally thrown away by the waves becomes the sickness to accept the unstable disaster. The poetic narrator describes abscess of the sea through the homeless's nervous facial expression as algal bloom, which presents the island as the site for lonely and weary living. The poetic narrator over the sea has the most honest and purest eyes. It shows the detailed situation through the opposite images of a beautiful woman and boat people, and it waits for rescue and hope, but eventually huge sadness pushed by the waves doesn't overcome and it becomes a pain to accept unstable disaster, In the next stanza is as; The homeless out of underground pass /Are stuck in a mast and wear green algae /Foams from residue in free food trays also rust. The poetic narrator metaphorically describes the sea with the homeless's nervous facial expression out of underground, which results in the sea boil described as the green tide. The speaker has an honest look on the sea than anything else.

The island and the sea are not the place of romance but the place containing the survival and the narcissism for him. At the last stanza; An island is made with the mysteriously dead killer-whale's flesh /In an Island full of unprocessed garbage, the whole story that the fiction becomes the truth and the truth turns to lies is revealed.

What is the reason that we can strongly feel the poet's desperation to reach the coexistence of the nature and human beings by searching the originality of human being's identity on absurd beings. We can find the answer from his A Note on Writing Poems; I lower down or raise up the irrigation gate /But arguments on the bank of writing aren't settled /Should I make the water path first? /Soaking deep, it becomes underground water /Going deeper, it turns hot spring water.

If it is the best for water to follow the natural order that is not controlled artificially even though it is from the irrigation gate, as the skeleton of the poem is concerned with the author's introspection time for his inner stream rather than the outer irrigation gate to the world and his dried inner bottom, the soul of a poem would be the start and end.

It emphasizes the philosophy of his life, which is concerning a weak being in a low place in the world and having a downward attitude. He stresses his life philosophy that he should live a life by lowering himself as a fragile being standing in the bottom through the encounter of the fragile one's sincerity in the lower spot.

Yangkelevich says that birds want to fly because they have wings and the bulls have horns so they want to hit but Taekyun,

Ha lowers himself with his will regardless of existence of the irrigation gate, therefore his will makes the way of water. Taekyun, Ha opens the space of mind that feels like the absolute loneliness of the poet with his strong will for freedom and has close lyrical communication with today's ecological consciousness.

Therefore, the irrigation gate is Taekyun, Ha's attempt for Taoist beginning which is represented the trait of water going downward and he wants to follow the fundamental law of Lao-tzu even in the difficult and painful mental anguish and agony.

Roughly waving muscle hands that don't reach each other /Even reeking of the Sesarma dehaani that crawls up new leaves of reeds / Raccoons in the front row while leading the demonstrators are /Mud flats that block tear gas

From 「A Bustling Mud Flat」

As Koreans have lived with the endless struggle of ideology in the division of territory, they've been used to protests and grenades so long. They've bounded themselves into the complex of the territorial division so it's hard for them to understand the real meaning of the demonstrations. Taekyun, Ha's poetic materials are not common so the phrase above can be interpreted like this; the poet used the scene the Sesarma dehaani's demonstrating with his claws up as a poetic tool to warn the devastated and polluted world, which can be read as the damage to prevent the tear gas bombs' explosion with his body.

151

It shows the poet's will to deeply engage in the real life and the poet has desperately tried to persuade the readers through his images without heavily focusing on the chains of meaning. This desperation makes literary time evolve, which leads to the uncomfortable voice to find modernity of the public.

Throwing away my tangled life
As I shouldered a backpack
Ivy on a pine tree
Crawls up my single path for climbing from my sole

A high technic penetrating a dry calf;
Grabbing the delicate vein with trivet of ivy
Stretching muscles in all directions like a water strider's legs
Mistakenly stepping forward with eyes
It ends in a destined fall on a shell of a turtle

A plow innocently thrown away
Is a narrow path to climb a rope ladder along the vein
A faded dream, an early frost turns red like leaves in fall
It's the bruised dark blue patience from crawling on the cliff to
bend the waist
Breathing roughly with closed lips

Over the world looks
The ivy with blood flowing backwards
Calluses in the tendons are full of

Traces of a life

「*Varicose Veins*」

It shows a poetic culmination that how well the poet is in harmony with the perception of poetry while meaningfully highlighting the image of the ivy and the value of vitality. Taekyun, Ha seems to be more interested in the description of a landscape than the lyrical identity in the surface of the poem from the externalized object of the ivy climbing the green pine tree.

What does the narrator intend to show from the pathetic and pitiful scenes with the ivy and tendons experienced by the objects that have a high technic penetrating a dry calf out of him? It is the question on the existence of tendons.

Does it mean that recovering the tendons as the traces of labor is impossible or does he want to say "No"? Hiding the density of a life in the tendons and stretching out like this; It's the bruised dark blue patience from crawling on the cliff to bend the waist / Breathing roughly with closed lips, then doesn't he project the useless, hard, worthless and compulsive life in the poem? With this suspicion, it is needed to focus on the title of this poem, Varicose Veins.

The Varicose Veins in the calf is like rebellions in the lower part of the universe and it is only a place of pain, then why the poetic narrator consistently concerns that trivial and marginal part of the body. He is the person of a dilemma called self-defeating and suffers from the thought that he is lack of soul which has lived a pathetic life. The poet delivers the power of poetry by presenting the experience of looking over the road beyond the road, opening all the ways regardless of the vine's growing direction such with these phrases; Over the world looks over /The ivy with blood flowing backwards /Calluses in the tendons are full of /Traces of a life.

His ability to embody the poetic imagination into a poem is incredible. The poetic flow that dynamically combines the figurative imagination of ivy, tendons and climbing and the experience should be highlighted in this poem. It lead to the universal extension for the tendons and vitality of the universe.

Even if the poet focuses on the specific meaning of the ivy, he does not cite the inhumane violence or modern conveniences that block this ivy. However, readers can sensitively detect negative situations from myriad social imbalances through the description of ivy that leans down and goes downward and they sense the poet's resentment about them.

On the emaciated branches
Hung a piece of longing
A weakening crescent in the cold wind
An empty old gourd bowl
In a hut of a single room

Coming back empty-handed
It flaps with strained veins
Summer days' Utmost acrobatics
That were startled even in an early autumn breeze

Traces from being erased

Flow over the clouds

A white eye flies over

In the darkness treading bright footprints

On top of the frosty spider web

「An Empty House」

The poet majored in civil engineering and worked in construction design industry and construction and so on. He entered university again and majored art in the middle of his life. Looking over the world of art, he got another eye for his art last year. The essence his poems is in the acceptance and the generosity, which clearly appears in his poem An Empty House.

The silence of poverty and empty hands shows his fortitude not to cling to, falter and go along with outer temptation like treading a spider's webs on summer night's circus in theses phrases; An empty old gourd bowl /In a hut of a single room /Coming back empty-handed /It flaps with strained veins, A white eye flies over /In the darkness treading bright footprints.

It means that the poetic narrator would like to make an idle life even without flapping. The aesthetics of the idleness was born from the imagination of emptiness that transcends the sorrow for the empty house of sadness and emptiness and the compassion for the already forgotten space means that old houses or deserted houses were the space where the family members as the closest beings stayed and dreamed together. The poet tries to calmly and persistently recall the longing for the things disappearing in a distance rather than touch and hug the object with impulses. The happiness felt by the poetic narrator in the idleness is not a pleasure from the sympathy on the convenience from modern civilization. The ideal experience of disappeared noises from machine civilization is a leap of life that captures infinite fullness through emptiness. The gist of the phrases; A white eye flies over /In the darkness treading bright footprints, is in a white eye. Flying creatures symbolize the force to leap to the sky with life and it shows the vertical images, which coincides with cosmic period/time generation based on the dynamic of rising and falling.

No exit for the penetrated road to the dry sky
Oval droplets on the turtle back
Base camps traveling all the time
And jumping over cold and heat on its own
Spiky predators don't wear masks

Does the medicine turn poisonous?
Cutting the branches of a turnip
The virus sweeping away the great forest
Is having a sit-in protest under tents

Taking off wounded masks on a treetop
Exhaling the breath of blue sky and quarantining them
Families endlessly being added
And floating spores of mistletoe in a monsoon

Are to get into your nose

「*A Mistletoe*」

Taekyun, Ha's A Mistletoe seems to be as light as the wind passing through the branches, which feels easy like rubble works of vague sentences. But this easiness or simplicity is not just obtained. A mistletoe roots on the branches and stretches downward, not upward. A mistletoe penetrates the crack of branches and prune the branches of other species but it doesn't mean to set the correct structural interval from the blueprint. Rather the poet arranges the poorest spaces and tries to get the ecological achievement.

Cracks seem to be secured earlier than the structure in the air in the poem has been constructed like this; No exit for the penetrated road to the dry sky /And jumping over cold and heat on its own. All the viruses move through cracks. Setting the literary allegory of a mistletoe for viruses aside and turning back the source of repetitive weather changes and gravity rules, the scenes that plants grow and veins have their backbone can be misunderstood as the poetic image itself. The poetic narrator is breaking down the boundary between light and darkness that conform to the nature with considerable insight like this; Cutting the branches of a turnip /The virus sweeping away the great forest /Is having a sit-in protest under tents.

A tree is cosmic. Roots are put down on the earth and the branches draw sunshine, sky and winds. As the vertical force to stretch out is concerned with the creation of cosmic time by the dynamics of rising and falling, the poetic narrator thinks that it breaks down the huge forest and leads to a sit-in protest of viruses.

The poet's dream is to play love on a tree and he craves to be the tree. The world is full of sap and his mind rising over the sky follows the way of physical imagination. The poet wants to express the spiritual crisis from the inner conflict of the contemporaries in the age of insecure Covid-19, overlapping a coup like stretching images of a mistletoe on a tree rather than seek the easy images of a mistletoe as the subject having the feeling of a cozy and maternal womb.

Don't make a mistake of not having trial and error
It's the world that won't be adjusted in centimeters

The starting point of a crooked survey is
A traveling infection point within the margin of error
In a completely closed open-traverse
From unadjusted desires
The accuracy of the distance and the azimuth
May mean the measurement looking through all the trajectories of
the world

Turning around the corner of a dry building
In the unmeasurable downtown
GPS measurement only searching for the distance and the azimuth
Always deviates from the vertex

With the tripod being adjusted to counterclockwise angles

And the errors being connected with an equal sign

No answer was drawn from one point of the error

As there's nobody who controls

One axis of the revolving universe

In the reference point within the margin of error

On the center of the earth not multi-measured

Is traversing that has disappeared

『*Traverse Survey*』

Human beings' daily lives change too quickly to expect, which feels like watching a cold abstraction that is difficult to read. The poem Traverse Survey reminds the readers of the surreal images that are increasing in contemporary poems.

Whereas abstraction stems from doubts about reality, the measurement in this poem is not restrained and his cold abstraction that seeks order under formative principles. Comparing paintings, Taekyun, Ha's poetry can be similar to elaborate abstract painting.

Concerning aestheticists, Kier Kegor siad like this; romantic nihilists set freedom as the ultimate utopia whereas the idealistic romanticists don't. This recalls these phrases; Don't make a mistake of not having trial and error /It's the world that won't be adjusted in centimeters. Being free means deviation from the position that historical or current traditions have passed on to us.

It implies behaving differently rather than normally. Isn't it really exciting to have a different life? This interesting event has firstly taken place in art.

Hans Arp explained randomness as an aesthetic principle through contingency in art work. It implies that abstract art has thrown the world away more completely than aestheticism. The poetic narrator concludes that crooked traversing starts with the unadjusted desire. His closed point of view gives positive possibilities to the negative implications and he directly expresses the most important process of abstraction without hesitation. The most fundamental element that determines abstraction with a negative meaning is the spirit of negativity.

The author considers that the destruction of forms in contemporary art has essentially no difference from having a negative tendency. The breakdown of the negative mind can be seen as below; GPS measurement only searching for the distance and the azimuth /Always deviates from the vertex. Therefore, at the wandering inflection point, the identity that the poetic narrator seeks to find makes the endless turning axis of the universe move and he conveys the dissolution in aesthetics in that it has nothing to do with our will or mind as a warning against dehumanization through a device of a traverse survey.

A humpback whale's fluttering made of foam
With whistles sparsely engraved in the layers of waves
Shines in a white night

A round arrow never looking sideways

With endless wide spreading swimming

Looking at the earth devastated and stepping back

It grinds its head on a whetstone

From 「*A Head of an Arrow Has Gone*」

Deconstructionism is uneasy. S. Malarme said poetry should be a silent blank paper, which can be interpreted like this; silence is a reclusive art. Reading the arrows that run away with bubbles of the many words and noises hidden in the layers of waves, we can notice the whale's entire body becomes the arrowhead. Alaska is where the arrowhead heads, rubbing themselves against the whetstones of the ocean and changing their tips to fly arrows. It is the decomposition of absurd metaphysics and freedom itself that the arrowhead travels around the earth then heads toward the poetic narrator's back again. The poetic narrator thinks that he can overcome absurdity by being free. Thus all the representative situations that remind him of the world surrounding him become a arrowhead. It shows that the arrow is heading somewhere and it is important to have composure beyond the daily interest in order to reach the target of the arrow.

An arrow is a tool of communication whereas the bruised earth from stepping back expresses the desire to stop the flow of time by transforming the arrow's speed and time to spacial things. The earth is the center of the centrifugal force extending outside and it also is the fundamental power which enables creatures to confirm they are alive. From this point of view, A Head of an Arrow Has

Gone finally has constructed transcendental existence with the effort to get out the phenomenological generation system.

Lastly let's read Taekyun, Ha's another poem.

After having been lowered, lowness doesn't exist
Only for adding height, height couldn't exist, either
Things too low to high is rather thick

Without high and low
In family members, in neighbors and in each other of bold faces
The boundary between highness and lowness is fragile

The higher it is, the lower it becomes
As what is lowered becomes higher
Snowfall lower than the river feels monotonous

A mysterious human beings' straight water current
Takes off the skin and melts down
Each one's exchange of sincere priming water
Finally has no highness and lowness
I want to be a thick height for you

「First Snow」

That snow falls means lowering itself. After it falling down and lowering itself, things beyond it have been tall. Looking at you beyond it, the poetic narrator is lower and lower and becomes the eyes that stare it. This is the staring for the observations that is thick.

The eyes looking at the snow beyond the world are the family and neighbors as the source of the eyes for an objective gaze and an independent individual. The poor boundary between low and high means that it would slip the skin and be the snow that melts down at that point. The poetic narrator thinks that each one's contemplation that penetrates the essence of the subject and the object is in a genuine priming water that doesn't have high and low. This shows the overall observational agreement with the phrases in Traverse survey; In the reference point within the margin of error /On the center of the earth not multi-measured / Is traverse survey that has disappeared. Taekyun, Ha rearranged the play of snowing with family and neighbors, which is a typical example of his modernism poetry that shows his taking off and low flying to search for snow as pure and neat freedom.

A Gorgeous Robot out of Obesity is not just a piece of a work that shows poetic wonder and impression from the observation on civilization through robots. A Gorgeous Robot out of Obesity contains the voice that human beings survive with all the things around them, and wind, clouds and soil are not just irrelevant objects with human beings but they all are inter-dependent community of mother nature with human beings, which could be proven through the process such as trees make clouds and clouds originates water. This point pf view shows the poet's detailed reasoning in A Gorgeous Robot out of Obesity.

He enters inside of the machine civilization and conveys warnings about the civilization that evolves into uncertainty with poetic laughter or the acute sobriety without any error.

The ancient goddess Gaia had physical and chemical capabilities to control the Earth's environment. Biologically the earth has lost its original elasticity. It would be the poet's share to revive original creatures with warm hugs on lives to support this chaotic world. Human beings have caused uncertainty on disorder and future from the old earth themselves. Taekyun, Ha's objects put it on the stage. Thus the poet comforts the weary souls from keeping distance, and let the forest recover its greenness as its new flesh, then seeks to bring the readers to the shadow of poetry by making the forest alive.

The end.

살구나무집 나비

하태준

흙먼지 말쑥하게 입은 할머니 집
　담쟁이 오돋은 돌담 저고리에는
어깨 꺾인 살구나무
　꽃망울 다시 터트리고
거꾸로 선 장독대
　나비 한 마리 날아 든다

나붓나붓
　꽃무리 흐드러지게 피어
사방으로 대청마루 비추고
　할머니의 봄바람 빠진 유모차
집 앞마당에 꽃나비 싣고 가네

하태균(河汰均, HA, TAE KYUN)

아호 해원(海湲), 치명(致明), 재철(在哲)
경남 함양 출생
시인, 미술학사, 공학석사
시사문단 등단
시림문학회 회원
벽천예술원 회원
대각디앤씨㈜ 대표이사
㈜HK Global건강 대표이사

한 번 눈웃음으로
모든 것 알아보는 우리
둥근 눈으로 말해도
뜨거운 가슴이 먼저 아는데
굳이 무슨 말이 필요할까
이것만으로 나는 행복해